JN307710

目次

隠《かく》し売女《ばいた》　5
初会《しょかい》　62
紙花《かみばな》　118
野太鼓《のだいこ》　174
道約束《みちやくそく》　233
参考文献　306
著作リスト　308

隠し売女《ばいた》

一

奇妙な行列だった。

腰縄をつけられ、数珠《じゅず》つなぎにされた女たちを町方同心や手先とみえる男たちが取り囲んですすんでいく。数十人はいるだろうか、連行される囚人の一群とみえないこともなかった。

女たちの髪はほつれ、身につけた小袖は薄汚れていた。厚化粧をしていたらしく、首筋まで真白く塗りたくった跡《あと》がまだらとなって残っている。様子からみて、柳原《やなぎわら》土手や深《ふか》川《がわ》などの岡《おか》場所で春をひさぐ夜鷹《よたか》、私娼とおもえた。

月ヶ瀬《つきがせ》右近《うこん》は、町家《まちや》の軒下に足を止め、隊列を見つめている。浄閑寺《じょうかんじ》の食客となった右近は、このところ、時間をつくっては江戸の町々を歩くことにしていた。京の都から出てきて、まだ半年足らずの身である。道筋を詳しく知るためだった。

流れていた右近の視線が止まった。列のなかほどに見知った顔を見いだしたからだ。狐目をさらに細めて、周囲に警戒の目線を走らせている。気づいたのか、風渡《かぜわた》りの伊蔵《いぞう》が、わずかに頭を下げた。

軽く顎《あご》を引いて応えた右近を驚愕《きょうがく》が襲った。伊蔵の向こう、少し遅れて歩く女の顔に見覚えがあった。その場にいるはずのない人だった。

注がれた視線に気がついたのか女が右近を一瞥《いちべつ》した。その視線は大きく揺らいで、宙を泳いだ。顔を背《そむ》ける。意識的に気づかぬふりを装った、いかにもわざとらしい仕草だった。

右近はさらに凝然と見据えた。横を向いたまま、女は右近の前を通り過ぎていった。

(間違いない。お君《きみ》さんだ)

右近の生家は、代々、大納言《だいなごん》・三条卿《さんじょうきょう》に仕える公家《くげ》侍であった。当主・三条文麿《あやまろ》の嫡男《ちゃくなん》・克麿《かつまろ》の許嫁《いいなずけ》、中納言・姉小路公知《あねこうじきんとも》の娘・沙耶古《さやこ》が将軍家治《いえはる》の目にとまり、

「側室として差し出すよう」

強硬に申し入れられていた。使者に立った老中・田沼意次《たぬまおきつぐ》、京都所司代《しょしだい》は矢の催促で、早急の江戸入りを要求した。追いつめられた三条克麿は沙耶古との心中を決行する。結果、沙耶古は絶命したが、克麿は一命をとりとめることとなった。

心中の現場を発見した右近は、

「幕府の命に背き、横恋慕から沙耶古を殺害したは我が所業也」

と罪を一身に背負い、京から姿を消したのだった。

月ヶ瀬右近という名は浄閑寺の住職・慈雲《じうん》が、

「名無しの権兵衛では何かと都合が悪い」

と勝手に名付けたものであった。

(親から授かった上月弦四郎《こうづきげんしろう》という名は、京の巷《ちまた》に捨てさって来た。二度と使うことはあるまい)

と、こころに決めていた。過去も思い出さぬつもりでいた。しかし、おもいがけぬ再会をした知り人が忘却の彼方に捨て去ったむかしを思い起こさせた。

お君は、右近が親しくつきあっていた豊村新左衛門《とよむらしんざえもん》の妻同然の女だった。ふたりは、公家侍と下女と身分の差はあったが、ともに中納言・九条実盛《くじょうさねもり》に仕える立場であった。

知りあったとき、豊村新左衛門にはすでに妻があった。が、無官の貧乏公家の娘でありながら、何かというと家柄の良さをひけらかす妻との仲はしっくりとはいっていなかった。

仕事を通じてことばを重ねるうちにふたりは好意を抱き合い、いつのまにか理無《わりな》い仲になっていた。不義は御家の御法度《ごはっと》であった。

二年前、豊村は、右近に懊悩しつづけた日々を洗いざらい吐露した。

「お君とは離れられぬ。最後の決断をした。何が起ころうと心配しないでくれ。おれはおまえを命果てるまで、こころを許し合った真の友だとおもっている」

その日の真摯《しんし》な眼差《まなざ》しはいまでも右近の脳裡《のうり》に深く刻まれている。

その翌日、豊村新左衛門とお君は逐電《ちくでん》した。書き置きのひとつも残されてはいなかった。


(何があったというのだ)

お君とのおもいがけぬ出会いに、右近のこころは乱れた。が、声をかけられる状況ではなかった。

縄じりをとられた女たちの列が遠ざかっていく。

(事情のほどは、のちほど伊蔵にそれとなく訊《き》いてみるか)

胸中つぶやいた右近は、行列に背を向け歩きだした。


何かと騒がしいことに出くわす巡り合わせの一日だったようだ。下谷広小路《したやひろこうじ》の一画で、右近は野次馬たちの後ろに立って、やくざと武士の喧嘩を眺めていた。六尺（約一八二センチ）豊かな長身の、筋骨逞《たくま》しい二十代後半の武士は、薄ら笑いを浮かべて対峙《たいじ》する十数人の男たちを見やっていた。黒々と太い眉《まゆ》。窪《くぼ》んだ、一重瞼《ひとえまぶた》の鋭い眼。薄い、大きめの唇。細面《ほそおもて》で尖《とが》った顎《あご》。高い鷲鼻が、顔に冷徹な凄《すご》みをくわえていた。本多《ほんだ》に髷《まげ》を結《ゆ》い上げ、月代《さかやき》をととのえた額に面擦《めんず》れがある。かなりの剣の修行を積んだ者とみえた。

「刀の鞘《さや》にぶつかって、挨拶《あいさつ》なしに通り過ぎる。なみの詫《わ》びようでは許せぬといっているのだ」

武士は、冷ややかに告げた。

「どうすりゃいいんでえ」

張本人らしいやくざが怒鳴った。

「どこで触れた。右手か、右足か」

武士が問うと、右足の太腿を叩いて、

「駆け抜けようとして当たっちまったんだ。急いでたんだ、悪気はねえよ」

といった。

「そうか、右足か」

武士が男へ向かって跳んだ。鞘に手がかかっている。躰《からだ》が低く沈んだ。鞘ごと刀を突きだした。柄頭《つかがしら》が男の右太腿にめりこむ。

鈍い音が響いた。

呻《うめ》いて、顔を歪《ゆが》めた男の躰がぐらりと揺れた。倒れかかる。避けるように武士が後方へ跳んだ。

通りに転倒し、激痛にのたうつ。が、男の右足が動くことはなかった。だらりと地についたまま、不様な様相を呈していた。

武士のあまりに俊敏な動きにやくざたちは息を呑み、棒立ちとなっていた。

「右足の太腿の骨を折った。本来なら無礼討ちにするところだ。命が助かっただけでもありがたいとおもえ」

見据えて、いった。そのことばにやくざたちが我にかえった。

「下手《したで》に出りゃつけあがりやがって。赤鬼《あかおに》の金造《きんぞう》一家の恐ろしさを、たっぷりと教えてやるぜ」

「下谷広小路から無傷の躰で出られるとおもうな」

兄貴格と髭面《ひげづら》がわめいた。匕首《あいくち》を抜く。他の者たちも匕首を抜きつれた。

武士の面《おもて》に皮肉な笑みが浮いた。

「おもしろい。退屈していたところだ。暇《ひま》つぶしに相手になってやる」

刀を鞘ごと腰から引き抜いた。

「きさまら相手では、これで十分だ。骨を折られたい奴はかかってこい」

右手に鞘つきの刀をだらりと下げた。ただぶら下げたとしかおもえないかたちだった。

三方からやくざたちがじりじりと迫った。

武士は微動だにしない。感情のない、無機質な眼を注いでいるだけであった。

「喰らえ」

髭面が匕首を構えて突きかかった。武士が刀を無造作に逆袈裟《けさ》に振った。鞘は髭面の腋《えき》下《か》を直撃した。

石を叩き割るような、重い音がした。髭面が顔を顰《しか》めた。せき込むや血汐《ちしお》を口から吐きとばした。折られた数本の肋骨《ろっこつ》が心《しん》の臓《ぞう》に突き刺さり、血反吐《へど》となって噴出したのだった。

「野郎」

殺気を剝《む》き出しに兄貴格が襲いかかった。身をかわした武士は、勢いあまって脇を走り抜けた男の首の付け根に上段から鞘を振り下ろした。呻く。右肩がだらりと垂れ下がった。躰が傾《かし》ぐ。そのまま横倒しとなった。

（みごとな間合いの見切り）

兄貴格の襲撃を、わずかに半歩足を引いただけでかわした武士の業前《わざまえ》に驚嘆していた。

(強い。戦ったら、どうなる)

不意に湧《わ》いたおもいだった。が、すぐに苦笑いを浮かべた。

三途《さんず》の川の渡し守を自認する慈雲に乞《こ》われて三途の川の用心棒を引き受けてからというもの、つねに戦いのなかに身を置いている。剣の上手《じょうず》とみえる者に出会ったときは、無意識のうちにおのが技量と引き比べているこのごろであった。

(おそらく戦うこともない相手。気にするほうがどうかしている)

胸中つぶやいたとき、

「その喧嘩、待った」

野次馬の背後から声がかかった。

見ると、人混みをかき分けて、数人のやくざたちが現われた。その後ろから猪首《いくび》の、ずんぐりむっくりした男がつづく。ぎょろりとした、どんよりと濁った眼。小鼻の張った、坐《すわ》りのいい鼻。分厚い、大きな唇。伸びた揉《も》み上げが容貌をさらに魁偉《かいい》なものに仕立てていた。金糸《きんし》が織り込まれた派手な羽織をまとっている、風格から看《み》て、男たちの親分とおもわれた。

「赤鬼の金造だ」

「親分が出張《でば》ってきたんだ。厄介《やっかい》なことになりそうだぜ」

野次馬たちが囁《ささや》きあった。

右近は、武士に視線を注いだ。右手にだらりと刀を下げて、金造をみやっている。面に何の変化もみられなかった。

「子分たちが不始末を仕掛けたようで。ここまでとしていただけませんか」

軽く腰を屈《かが》めて、金造がいった。

「詫びのなかみ次第だ」

「まだお気がすまねえと」

「そうさな。鞘にぶち当たった詫びは太腿の骨を叩き折ったことですんだ。売られた喧嘩の詫びはうけておらぬ」

「これは、はっきりした物言いで。竹を割った気性と見受けやした。迷惑かもしれませんが、赤鬼の金造、お武家さまに惚《ほ》れやした。子分の不始末はあっしの不始末。詫びをいれさせておくんなさいまし」

腰をさらに屈め、上目遣《づか》いに武士を見つめた。

武士は黙って、刀を腰に差した。

「さっそくのお聞きとどけ、金造、腕によりをかけて、詫びをいれさせてもらいやす」

「満足できぬときは、斬る」

表情も変えずに、武士がいった。

「ご満足いただけるに決まってまさあ。下谷はもちろん上野《うえの》一帯を縄張りとするあっしのやることだ。万事まかせてくだせえやし」

武士の面に眼を注いだまま、狡《ずる》そうな笑みを浮かべた。

「案内せい」

「へい」

うなずき、子分らを振り返り、わめいた。

「野郎ども、何をぼやぼやしてるんだ。湖畔《こはん》亭に繰り込む。きれいどころの芸者衆を集めろ。喧嘩を仕掛けた奴らは怪我人を医者に担ぎ込め。早くしねえか」

愛想笑いを浮かべた金造とともに武士は悠然と歩き去っていく。そのまわりを子分たちが取り囲んでいた。武士を逃がさないための布陣とみえないこともなかった。

いつ牙《きば》を剝《む》くかわからぬ無法者たちである。平気な顔でついていく武士を右近は、

(よほど腕に自信のある者)

と判じていた。が、二度と会うこともない、路傍《ろぼう》の石にひとしい相手であった。

右近は、赤鬼の金造の後ろ姿に視線を向けた。躰全体から狡猾《こうかつ》さが滲《にじ》み出ている気がし

た。

（あの男、何のためらいもなく悪を為《な》す者に相違ない。何度やりこめられても、性懲《しようこ》りもなく、あの手この手と手立を尽くして、悪さをつづける輩《やから》）

直感がそう告げていた。

武士と金造たちが遠ざかっていく。群がっていた町人たちも、すでに四方に散っていた。右近は、ゆっくりと踵《きびす》を返した。

二

翌々日早朝、浄閑寺は一寸先も見えぬほどの深い靄《もや》に覆《おお》われていた。修行僧の玄妙《げんみよう》が門を開けると、前に死体がひとつ、置いてあった。吉原《よしわら》の遊女たちが死んだら、その骸《むくろ》を門前に投げ捨てていくことから投込寺とも呼ばれている浄閑寺では、見慣れている光景であった。

玄妙は首を傾げた。いつもと違うものを感じとったからだった。しげしげとのぞき込む。覚悟の自決だったのか、顎の下に、喉《のど》を切り裂《さ》いた剃刀《かみそり》の痕《あと》がぽっかりと口を開けていた。血が溢《あふ》れ出たのであろう、傷口から胸元にかけてべっとりとこびりつき、使い古した白い長襦袢《じゅばん》を真っ赤に染め上げていた。血はすでに乾ききっている。

喉を突いて死ぬのは遊女がよくやる自尽《じじん》の手立だった。ひどいときは年に十数人ほど自害する。玄妙にしてみれば、いわば見慣れた死に様《ざま》だった。それこそ頭の天辺《てっぺん》から足の先まで舐《な》めるように見やって、あることに気がついた。仏は両足のふくらはぎあたりをしっかりと細紐で縛《しば》り上げていた。裾が乱れないために為したこととおもわれた。

(武家の出……)

玄妙はそう推測した。浪人や下級武士、小身の旗本、御家人が貧窮のあまり苦界《くがい》に娘を売る。それほどめずらしいことではなかった。

(まずは死骸をかたづけねばなるまい)

人手を求めて、庫裏《くり》へ向かって走りだした。


右近は境内《けいだい》で大刀を打ち振って、日々の鍛錬にはげんでいた。

「遊女の骸が投げ込まれた」

と仲間の修行僧たちに呼びかける玄妙の声が、右近の動きを止めさせた。お君が自刃《じじん》したのではないか、との不吉な予感であった。右近は大刀を鞘におさめ、門前へ向かった。

死骸はまさしく心を許しあった友・豊村新左衛門の妻同然の女、お君であった。右近は、骸の傍《かたわ》らに片膝をついて、凝視している。身動きひとつしなかった。京から江戸へ出てきてからのふたりの暮らしがどのようなものであったのか。なぜ死なねばならなかったのか。さまざまな疑問が脳裡で渦を巻き、駆けめぐった。

「知り人か」

その声に右近は我にかえり、振り返った。慈雲が背後に立っていた、手に三重に巻いた大数珠を下げている。

右近は、返答に窮した。皆の前でお君について話したくない、との気持ちが働いた。

(死者に鞭《むち》打つ仕儀になりかねない。このまま無縁仏として葬るがせめてもの情《なさ》けかもしれぬ)

骸に視線をもどして、いった。

「あまりに見事な疵痕《きずあと》。遊女にも、これほどの覚悟の者がいるかと驚嘆しておりました」

「無縁仏として葬ることになるが」

言外に、

——それでいいのか

との意味を込めた慈雲の物言いであった。

った。

「寺の為来《しきたり》どおりに」

お君の顔に安らかさはなかった。この世の苦悩を一身に背負ったかのような死に顔であった。

(この世に多くの未練を残した、死んでも死に切れぬ形相《ぎょうそう》……)

お君の顔に血の涙を流した鬼女の面が重なって、見えた。

(豊村新左衛門を必ず探し出し、事の成り行きをつたえねばなるまい。いまは、迷わず成仏《じょうぶつ》されることを祈るのみ)

胸中で手を合わせた。

背後で慈雲の、修行僧たちに命じる声があがった。

「無縁仏として葬る。骸を運べ」

修行僧数人がお君の死体を抱え上げ、運び去っていく。慈雲が傍らにしたがい、低く経文を唱えていた。右近は、死骸が置かれていたあたりに立ち、凝然とうらびれた葬列を見送っていた。

一刻(二時間)後、吉原の大門前に、右近の姿があった。お君の死体が発見され、浄閑寺に投げ置かれるまでの経緯《ゆくたて》を聞きだすのと、豊村新左衛門の探索の協力を、風渡りの伊蔵に依頼するためであった。

遊女たちを監視する廓《くるわ》の男衆、亡八者《ぼうはちもの》を束《たば》ねて指図する役向きの者を四郎兵衛《しろべえ》といった。彼らが詰めるところが四郎兵衛会所《かいしょ》で、吉原の者たちは蔭で女改所《おんなあらためどころ》ともよんだ。伊蔵は数人いる四郎兵衛のなかで、吉原の総名主・三浦屋四郎右衛門《みうらやしろうえもん》がもっとも信頼している男だった。

大門をくぐってすぐ右手に四郎兵衛会所はあった。

右近が四郎兵衛会所に入っていくと、数人の亡八者たちと何やら話し込んでいた伊蔵が気づいて、目顔で挨拶した。緊迫したものが漂《ただよ》っている。配下の亡八者たちがうなずき、奥へ去った。

そばに近寄ってきた伊蔵に右近がいった。

「取り込み中か」

「隠し売女《ばいた》の取締りのあとには必ずなにがしかの揉め事が起こるもんで。騒ぎの気配を嗅《か》ぎつけるために、亡八者たちを岡場所近辺に走らせる段取りをつけておりやした」

「隠し売女？」

「吉原は公儀から認められた遊里でございやす。公《おおやけ》の許しを得ていない遊里を岡場所、かくれ里、隠し町といいやして、躰を売る女たちを私娼、渡世のことばでは隠し売女と呼んでおりやす」

「先だって、腰縄をつけられ、数珠つなぎで連行されていたのは隠し売女どもか」

「吉原は上納金を御上《おかみ》に納めておりやす。そのこともあって商《あきな》いの邪魔になる隠し売女たちを時折狩ってくださいますので。隠し売女狩りといっておりやす」

「隠し売女狩りか」

「狩られた隠し売女は向こう三年間、最下級の局女郎《つぼねじょろう》として吉原でただ働きさせられる定めになっておりやす」

「三年間のただ働き」

「仕置きみたいなものでございやす。浅草溜《あさくさだまり》へ下げ渡され、人別帳から名を削られるよりはましというもので」

「人別帳から名を消される。無宿人よりひどい扱いとなるわけか」

それよりは吉原で働かされたほうがまだいいかもしれない。少なくとも三年後には人並みの暮らしに戻れる未来が残されている。右近はそうおもった。伊蔵が、ことばを継いだ。

「定期的に医者の診断を受ける吉原の遊女たちとちがって、私娼には瘡《かさ》持ちなど悪い病気にかかっている女たちが数多くおりやす。御上にすれば交合を通じて流行《はや》る病を未然に防

か。右近は、

らためて事実を突きつけられた気がした。豊村新左衛門はそのことを知っていたのだろう

れ里で春をひさいでいたのだ。予期していたこととはいえ、伊蔵の口から聞かされるとあ

　黙り込んだ右近のこころに重くのしかかった事柄《こと》があった。やはりお君はどこぞのかく

ぐ手立ても考えておられるようで」

(知っているはずがない)

　と判じた。豊村新左衛門は妻同然のお君に躰を売らせるくらいなら相対死《あいたいじに》を選ぶだろ

う、ともおもった。

　周囲に視線を走らせ顔を寄せた伊蔵が声をひそめていった。

「何か、ありやしたんで」

　まわりの者たちに話を聞かれまいとする伊蔵らしい気配りだった。

「今朝、投げ込まれた女、実は、おれの知り人なのだ」

　伊蔵の狐目が細められた。眼に驚愕が浮いたがすぐに元の色にもどった。

「女のこと、調べてみやしょう」

「頼む」

「あっしひとりで動きやす。亡八者たちを使えば、早めに結果を出せるとおもいやすが、

多少時間がかかっても、そのほうがいいんじゃねえかと」

「すまぬ」

右近が軽く頭を下げた。

「水臭《みずくせ》え真似《まね》は、やめておくんなせえ。旦那とあっしの仲じゃありやせんか。できるだけ早く調べあげますんで」

「無理をかける」

右近の視線を受けて、伊蔵がゆっくりとうなずいた。


三日後の朝、右近は庫裏の濡れ縁に、眼を閉じて座っていた。なにやら瞑想にふけっているかにみえた。その前に、音もなく歩み寄った男がいた。

「右近の旦那」

「伊蔵か」

静かに眼を見開いた。伊蔵が軽く腰を屈めて立っていた。

「お君さんの住まいがわかりやした」

右近の面に驚きが浮いた。

「早かったな」

「蛇《じゃ》の道は蛇《へび》、でさ。裏のことを調べるには裏の奴らをたどる。堅気の衆を調べるよりずっと簡単なことで」

「どこだ」

「神田明神下《かんだみょうじんした》、金沢町《かなざわちょう》の甚兵衛《じんべえ》長屋で」

「すぐ出かける。案内してくれ」

伊蔵が、黙ってうなずいた。


神田明神の甍《いらか》が、雲ひとつない青空を黒く切りとって、誇らかに勢威をしめしている。お君が住んでいた棟割《むねわり》長屋は、神田明神の大屋根を望む裏通りにひっそりと建っていた。雨漏りがしそうな、九間二尺（間口約三メートル。奥行四メートル）の古ぼけた、みるからに安普請《ぶしん》の建物だった。壁がはげ落ちている。井戸端でよもやま話をしている女たちの出立《いでたち》は裾が擦《す》り切れたいかにも貧相なもので、その暮らしぶりがうかがえた。

露地《ろじ》木戸をくぐった伊蔵の足が止まった。

「どうした？」

右近のことばに、伊蔵が、

「お君さんの弔《とむら》いは浄閑寺ですませやした。みょうなことになってますんで」

目線で指《さ》ししめした。みると、［忌中］と書かれた紙が入口の腰高障子《こしだかしょうじ》に貼りつけられている。

「あそこが」

「お君さんの住まいで」

「まさか」

豊村新左衛門が自害したのでは……、といいかけて、右近は口を噤《つぐ》んだ。否定する気持ちが強い。

右近は、途方に暮れた様子で立ちつくす伊蔵の小脇を通り抜け、泥溝《どぶ》板をこえて早足で向かった。

忌中と貼り紙のある家の、二間間口の戸口の前に立った右近は声をかけた。

「この家の住人の知り人でござる。入らせていただく」

腰高障子を開けた。一畳の土間、台所の板の間が二畳、八畳の座敷といった、棟割長屋によくあるつくりだった。座敷にいた十七、八くらいの娘が振り返った。その前に敷かれた布団に横たわった人の顔に白い布が掛けられていた。

「あの……」

娘がいいかけて、黙った。どう対応したらいいのか、迷っている様子だった。

「そこにいるのは新左衛門。豊村、新左衛門殿か」

娘は黙って、うなずいた。継ぎのあたった着古した木綿の小袖を身につけていた。化粧ひとつしていない。よく見ると透《す》けたような白い肌が、瓜実顔《うりざねがお》の、奥二重の切れ長な眸《め》を引き立たせていた。高からず低からずの鼻。小さな、ぽってりとした唇の左下に小さな黒子《ほくろ》のある、なかなかの美形だった。

祭壇がわりに米櫃《こめびつ》がおいてある。燈明《とうみょう》、香華《こうげ》はもちろん線香の一本も手向《たむ》けられていなかった。茶碗に浅く盛ったご飯に箸が二本突き立てられていた。

(この娘としては、精一杯の供養をしてくれたのかもしれぬ)

と右近はおもった。

「仏の供養をさせていただく」

右近は土間から座敷へ上がった。


伊蔵が祈り終えたのを見とどけ、右近は娘を振り返った。

「月ヶ瀬右近と申す」

「お千代《ちよ》、といいます」

「伊蔵と申しやす」

伊蔵がお千代に軽く頭を下げた。お千代が会釈《えしゃく》を返す。右近がつづけた。

「縁あってお君どのの弔いをした」

お千代の顔に驚きが走り、そのまま凍りついた。

「そのことを知らせようとおもって住まい探しに時を過ごし、遅れをとった。豊村殿はいつ果てられた」

「一日違いでございました。今朝、朝ご飯をとどけにきたら、布団の上に前屈みに倒れ込んでいられれて。布団に血がいっぱい染みこんでいて」

お千代はそういって、涙ぐんだ。

「腹を召《め》されたのか」

お千代が顔をあげて、うなずいた。

「先生は、一年ほど前から労咳《ろうがい》を患われて床に臥《ふ》せっておられました」

豊村新左衛門は、長屋の人たちから先生と呼ばれていたのか、と右近はおもった。

「おっかさんの病がうつったのかもしれません」

「労咳だったのか」

「数年前から。仲立ちする方があって、五日前から小石川《こいしかわ》の養生所に」

「自刃するには、それなりの理由があったとおもうが」

「お君さんは、おっかさんが出入りしていた口入屋から仕立の賃仕事をまわしてもらっていました。先生の長患いで仕立の稼ぎでは薬代が払えなくなって。それで」

お千代は、そこでことばを切った。小首を傾げる。いっていいかどうか迷っている様子だった。

「隠し事は無用にしてくれ。おれも伊蔵も、話していいことと悪いこととの区別はつけられるつもりだ。そのこと信じてほしい」

お千代は右近をじっと見つめた。右近も見返す。話す決心がついたのか、小さく首を縦に振った。

「お君さんは夜、料亭に女中づとめをすると嘘をついて、岡場所、下谷広小路の待合茶屋へ働きに出られたのです」

「そのことが、豊村殿の耳に入ったのだな」

「お君さんがいかがわしい茶屋づとめをされていたのを、長屋の何人かは気づいていました。お君さんが二晩帰らず、長屋の人たちが『隠し売女狩りでつかまった』と噂《うわさ》しているのを小耳に挟まれた先生は、血相変えて事の真偽を問いつめられたそうです」

右近は黙って話に聞き入っている。伊蔵に口を挟む様子はなかった。

「噂していた人たちが必死に誤魔化《ごまか》して、その場はおさまったそうでございます」

「が、豊村殿は逆に隠し売女狩りに狩られたことは真実と推察し、お君殿が春をひさいでいたことを確信した」

お千代が首肯した。

右近は眼を閉じ、黙り込んだ。

重苦しい沈黙が垂れ込めた。

右近が、眼を見開いて、いった。

「お千代さんには世話をかけた。豊村殿の弔いはおれがする。伊蔵、骸を浄閑寺へ運ぶ。どこぞで荷車を借りて来てくれ」

「すぐにも手配いたしやす」

伊蔵が身軽に立ち上がった。

三

右近は荷車を引いていた。荷台には豊村新左衛門の死骸を布団ごと乗せている。引き手をつとめるという伊蔵の申し出を、

「生涯の友とおもいあった者の骸だ。おれが引くが筋というもの。友に最後にしてやれる

ことのひとつ」

と言い張って断わったのだった。荷車を引く右近が後押しする伊蔵に話しかけた。

「重ねて頼みがある」

「なんなりと」

「豊村新左衛門のこと、和尚にはもちろん誰にも口外しないでくれ。時が来たら、おれが話す」

「余計なことを口にしないのがあっしの世渡りで」

「……せめて無縁仏の奥津城《おくつき》近くに葬ってやりたい。そうおもっている」

伊蔵がうなずいたのが気配でわかった。

まもなく浄閑寺であった。

豊村新左衛門の死体を運びこんだ右近を見咎《とが》めて、物問いたげに慈雲が近寄って来た。境内の掃除でもしていたのか片手に箒《ほうき》を持っている。

「近しい友だ。無縁仏の墓碑の傍らに葬ってもらえぬか」

「無縁仏のそばに？」

訝《いぶか》しげな顔で視線を伊蔵にうつした。伊蔵はそしらぬ顔でそっぽを向いている。決して口は開くまいとの意志が態度に表われていた。

「理由《わけ》を訊いてもむだなようじゃの」

独《ひと》り言《ご》ち、

「空《あ》きはあるかな」

と無縁仏の碑をみやった。隣の墓との間にわずかな空《あ》きがあった。

「墓を建てるほどの広さはないが土饅頭《どまんじゅう》の上に戒名を刻んだ漬け物石ぐらいは置けそうだな」

「多くはのぞまぬ。ここに眠っているとわかる標《しるべ》があれば、それでいい」

「やれやれ、わしだけ蚊帳《かや》の外の仲間はずれか。水臭いのう」

ぎろりと眼を剝いて、右近と伊蔵を見据えた。

「わしの不満を封じ込めるためにも仏を埋める墓穴ぐらい、ふたりで掘れ。わしは供養の準備にかかる」

盛られた土の上に楕円形の石が置かれていた。墨跡《ぼくせき》黒々と慈雲の手による戒名が書いてある。慈雲の朗々たる読経の声が響いていた。膝を折って右近と伊蔵が合掌している。

祈禱《きとう》し終わって慈雲がいった。

「暇をつくって墓碑銘を彫《ほ》ってやることだな。石を刻む鑿《のみ》は玄妙にいえば用意してくれる」

「雨に降られて戒名が消えては厄介。さっそくとりかかることに」

応じた右近に微笑みで応えて、慈雲は踵を返した。本堂へ向かって歩き去って行く。

見送った右近が伊蔵を振り向いて、いった。

「面倒をかけたな」

「お役に立てて、いい気分でおりやす」

小首を傾げ、狐目をさらに細めて、つづけた。

「気になることがありますんで」

「気になること？」

「甚兵衛長屋のお千代さんのことでございやす」

右近がかすかに眉をひそめた。

「あっしの記憶違いかもしれやせんが、吉原の買付覚《かいつけおぼえ》のなかにお千代さんの名があったような気がしやして」

「買付覚？」

「女衒《ぜげん》や土地《ところ》の親分衆から買い付ける女たちの名を記した覚え書きで。買値、いまの住まい、係累など女の身辺にかかわることが書き添えてある、新たに奉公にあがる女たちの人別帳みたいなもので」

右近は黙った。脳裡に、透けるような白さの、奥二重の目と唇の左下にある黒子が印象的なお千代の瓜実顔が浮かんだ。

（あの娘が遊女になるのか）

お千代に高尾太夫《たかおだゆう》の憂いに満ちた容貌が重なり、付馬《つけうま》のお蓮《れん》の顔へとつらなった。

甚兵衛長屋の、貧民窟《くつ》にも似た建物を思い起こした。

（そういえば労咳の母御を小石川の養生所へ入れたといっていた。詳しくは聞かなかったが父御《ててご》の話はでなかった。もし母娘ふたりの暮らしだとしたら吉原へ身売りするにあたっての、後顧《こうこ》の憂いをなくすための動きといえぬこともない）

だからといって、右近がどうにかできることではなかった。が、気にかかった。

「お千代さんのこと、買付覚に名があるかどうか確かめてくれぬか」

「ようがす。今日のうちに調べあげて、明日にもお知らせにあがりやす」

「お千代さんには世話をかけた。おれがしてやれることが、何かあるかもしれぬでな」

そういって視線を、土饅頭に置かれた楕円形の石に落とした。書かれた戒名が友との永久の別れを告げることばとなって、こころに刻み込まれるのを強く感じとっていた。

翌朝、浄閑寺の門前に四人の骸が投げ置かれていた。浄閑寺の修行僧たちにしてみれば、見慣れている光景のひとつであった。が、今回はあきらかにいつもとは違っていた。その日の開門当番も玄妙だった。門を開けるや、大仰な悲鳴をあげ、腰を抜かしてその場にへたりこんだ。

鶏の鳴き声に似たけたたましい叫び声に押っ取り刀で駆けつけた修行僧たちもまた、ことばにならないわめき声を発して、棒立ちとなった。

まさしく凶事といえた。

修行僧たちが見たものは女が三人に男がひとりの、血塗《まみ》れの死骸だった。いずれも刀で切り刻まれた無惨な姿だった。なかには首の皮一枚だけで胴とつながっている女の死体もあった。

騒ぎを聞きつけてやってきた慈雲も、あまりの凄惨さに息を呑んだ。つづいた右近は、さすがに傍らに歩み寄り、片膝をついて死骸の切り口をあらためた。男が千筋の梅香茶の小粋な小袖を身につけているのにくらべて、女たちはみすぼらしい木綿の衣服を身につけていた。いずれも十七、八の年頃の、化粧気のない娘たちだった。慈雲を見返って、いった。

「嬲《なぶ》り殺しにあったとしかおもえぬ。よほどの恨みがあったのか、一片の情もかけぬ仕打ちと看《み》た」

　慈雲はしげしげと骸の顔をみつめた。

「吉原の者ではない。ただ」

「心当たりがあるのか」

　右近が慈雲に問うた。

「ひょっとしたらこの男、女衒《ぜげん》かもしれぬ」

「女衒？　女を売り買いすることを生業《なりわい》とする無頼だというのか」

「遊女の保証人にもなることから判人《はんにん》とも、吉原ではいっておるがな」

　いったんことばをきって、男の顔をじっくりとのぞきこんだ。

「形相が変わっておる。見覚えがあるようなないような、どうもはっきりせぬ」

　修行僧たちを振り向いて、いった。

「誰ぞ吉原へ走れ。四郎兵衛の、そうそう、伊蔵でよい。伊蔵を連れてこい。顔あらためをしてもらわねばならぬ。それまで骸はこのままにしておく」

　死体に目をもどして、つぶやいた。

「やれやれ。吉原の遊女や男衆でもない死人を弔うかとおもうと、ただ働きの骨折り損、心底厭《いや》ったらしい気分になるわい。御布施はだれからもらえばよいのじゃ」

肩をすぼめて、大きな溜息をついた。

使いに出向いた玄妙とともに伊蔵が駆けつけたのは半刻（一時間）ほどのちのことだった。右近の立会いのもと、門前に放置された男の骸を凝然と見据えた。

「富蔵《とみぞう》だ。女衒の富蔵に違《ちげ》えねえ。とっくに着いているはずの連中だったんで、気になってはいたんだが。畜生、早々とやりやがったな」

伊蔵の呻きにも似た呟《つぶや》きを右近が聞き咎めた。

「やった相手に心当たりがあるのか」

向き直って、いった。

「よくあることなんで」

「よくあること？」

「隠し売女狩りがもとでさ」

右近の脳裡を数珠つなぎに腰縄をつけられ、連行されるお君の姿がよぎった。あのとき、すでにお君は自害を決意していたはずなのだ。昨日彫り上げた戒名の主、豊村新左衛門とお君のことにおもいが及んだ。

（江戸へ出てからのふたりに幸せのときはあったのだろうか）

こころに問いかけていた。答は何ひとつ浮かばなかった。

(他人《ひと》のこころに入り込み、覗《のぞ》くことなど、はなから無理な話なのだ)

他人にかかわらぬつもりで生きている右近だった。その信念はいつも揺らいで、いつのまにか他人とのかかわりを持ってしまっている。そんなおのれが歯痒《はがゆ》くもあった。右近の思惟《しい》に気づくことなく、伊蔵はつづけた。

「かくれ里で働かせていた女たちが御上の取締りにひっかかって連れていかれる。ほとんどが金で買ってきた女郎たちで、かくれ里を仕切る奴らは大損を喰らうことになりやす」

右近は口をはさむことなく、聞き入っている。

「女たちの行き着く先は吉原遊郭。たいがいは土地の親分衆がかくれ里を縄張りとしておりやす。親分衆は吉原と御上がぐるになってやったことと勘繰る」

「仕返しを、仕掛けてくるというわけだな」

「へい。ほとんどの場合が集団で足抜きをさせやす。お歯黒泥溝《はぐろどぶ》に梯子《はしご》を架けて、羅生門河岸《らしょうもんがし》あたりで働いている女たちを連れ出すんで」

「吉原では見て見ぬ振りをすることもあるのだな」

「隠し売女狩りに引っかかった人数の三割ていどまでは、暗黙の了解ごととなっておりやす」

「いままでは殺しなど起きなかった。そういうことか」

「なかったとはいいやせん。が、吉原の息のかかった女衒もろとも四人も殺《や》られたのは、あっしが吉原に棲《す》みついて、はじめてのことで」

「目当てはついているのか」

「こういった荒事を仕掛けてくる向こう気の強いのは、おもいつくだけで四、五人はおりやす」

「……これからもつづくかもしれぬな」

「吉原がいま江戸の裏長屋へ買いつけに走らせている女衒は五人。十六人の女が買いつけられることになっておりやす」

右近は、お千代のことを思い起こした。十六人のなかに含まれているかもしれなかった。

伊蔵は、右近のおもいを察していた。

「実は、お千代さんの名が買付覚にのっておりやした。それも総名主が抱主」

「三浦屋殿が……」

「遅くとも今夕には三浦屋に連れてこられることになっておりやす」

「今夕、とな」

右近の顔に緊迫が走ったとき、のどかな声がかかった。

「どうじゃな、吉原にかかわりがあるものたちかな」

振り向くとゆっくりと歩み寄ってくる慈雲がいた。玄妙がしたがっている。右近に伊蔵の到着を知らせたあと、慈雲を迎えにいったものとおもわれた。

伊蔵が腰を軽く屈めた。

「これはこれは和尚さま直々《じきじき》のお出ましで怖れいりやす。骸は吉原の依頼を受けた女衒と買いつけた女たちでございます」

「それはよかった。では、此度《こたび》の御布施、のちほどいただきに参ると三浦屋殿につたえてくれ」

振り返って、告げた。

「玄妙、弔いの支度にかかれと皆につたえるのじゃ」

右近と伊蔵に目線を流した。

「忙しいのう。貧乏暇なしじゃ。御布施がはいるとなるとお経も懇《ねんご》ろにあげてやらねばなるまいて。どれ、とびきりの法衣《ほうえ》に着替えてくるか」

歩き去る慈雲をみやったまま右近がいった。

「伊蔵。お千代さんの身が気になる。無駄足になるかもしれぬが甚兵衛長屋へ出向く」

「お供いたしやす。実は、あっしから御出馬をお願いしようとおもっておりやしたので」

異変を予知してか、狐目には常ならぬ凄みが宿っていた。

四

右近と伊蔵が甚兵衛長屋についたときには、お千代は迎えに来た男たちとともに出かけたあとだった。

「ほんとに一足違いだったんですよ。急げばそこらで追いつけるかもしれないねえ」

井戸端で洗濯をしていた色黒で鼻の低い、人のよさそうな四十過ぎの長屋の女房が手を休めて立ち上がった。金壺眼《かなつぼまなこ》を落ち着きなく動かして、

「お千代さんをいれて三人づれでね。あっちへ行ったような気がするし、こっちだったような気もする」

といって首を傾げた。つまるところ露地木戸を出て、左右どちらに行ったかはっきりしないということらしい。

「世話をかけたな」

声をかけ右近は露地口へ向かった。つづいた伊蔵が顔を寄せ、いった。

「お千代さんを扱う女衒は重松《しげまつ》といいやして、今年五十になる、三十年近く人買い稼業をやっているわりには人のいい、律儀《りちぎ》な野郎でして」

右近は振り向くことなく足をすすめている。

「お千代さんのおっかさんを小石川の養生所に入れる段取りをつけたのも、重松だそうです。そんな野郎だから仕事のやり口もきっちりとしている」

「動きの予測がつくということか」

「へい。重松が今日吉原に運び入れてくる女はふたり。婆婆《しゃば》のなごりに昼飯を食わせてやるといっていたそうですから、吉原につくのはたぶん昼の八つ半（午後三時）ごろかと」

「昼餉《ひるげ》をどこで食するか。それ次第で道筋がかわるというわけだな」

伊蔵は意味ありげに、薄く笑った。

「ふつうは、そうなんですがね」

「違うのか」

「重松は律儀な性格で何ごともきっちりやるといいやしたが、きっちりとやらねえとおさまらねえ気性といったほうがいいのかもしれやせん」

「……日頃の動きから、行く店がわかる。そういうことだな」

「湯島天神《ゆしまてんじん》近くからおそらくは上野へ出て、まずは下谷広小路か池之端《いけのはた》あたりの食い物屋へ立ち寄るんじゃねえかと」

「浅草広小路という線はないのか」

「ないとはいえやせん。が、まずは池之端あたりをあたってみるが先かと」

右近はまだ江戸の道筋には精通していなかった。ここは伊蔵にまかせるべきだと判じた。

「どの店に向かったか探る手立てはあるのか」

「通りには裏の稼業の奴らが暇を持て余してぶらついてます。そいつらに聞けば当たりはつきやす」

「裏稼業のつきあいでどの店が誰のいきつけか、すぐにわかる仕組みになっているのか」

「重松はそれなりに顔を売った女衒でございやす。奴の行きつけの店を知らない土地《ところ》の無頼はもぐりといってもいいくらいのもんで」

ことばをきった伊蔵は、

「道案内をつとめさせていただきやす」

といって右近の脇をすり抜け、先にたった。それきりふたりは口を噤《つぐ》んだ。黙々と歩きつづけた。

池之端の奈良《なら》茶飯屋［白水《はくすい》］にはお千代たちの姿はなかった。敷物が置かれた広間に客が座り、食事をとっていた。客の前に料理をのせた膳が置いてある。

「重松のことをやくざ者に聞き込んだところ、姿も見たといっています。ここが土地《ところ》で唯一の行きつけの店だというし、来てねえはずはねえんで」

伊蔵は下足番の男に歩み寄り、なにごとか問いただした。話をしているうちに厳しい顔つきに変わった。もどってきた伊蔵は声をひそめて、いった。

「大変なことになってるようで」

「隠し売女にかかわる連中が張りめぐらした網にひっかかったのだな」

「下谷長者町《ちょうじやまち》は井上筑後守《いのうえちくごのかみ》様上屋敷近くに富士浅間《せんげん》流の道場がありやす。道場主は伊東《いとう》行蔵《ぎょうぞう》という破落戸《ごろつき》同然の男でして」

「金になるなら人殺しも躊躇《ちゅうちょ》なく引き受ける輩か」

「そのとおりで。重松たちはその伊東行蔵たちに言いがかりをつけられ、どこかへ連れていかれた、というのが下足番の話です」

伊蔵と手分けして聞込みをかけようかともおもった。が、時をかける余裕はなかった。

「伊東道場へ向かおう。いまは、それしかあるまい」

「わかりやした。一か八か賭けるしか手はねえようで」

伊蔵が狐目をぎらつかせた。

伊東道場は上野大門町《だいもんちょう》と下谷長者町の境の、裏通りに面したところにあった。かつて小さな寺だったところをそのまま道場として使っている。伊蔵の話によると住職が急死したため空き家となっていた寺に、いつのまに伊東行蔵たちが住みついたのだという。

「住職は伊東行蔵たちに殺されたのではないかともっぱらの噂で」

道場に向かう道すがら伊蔵がいったものだった。

右近はまっすぐ前方を見つめたまま、悠然と歩いていく。敵地にのぞむとは、とてもおもえぬ、いつもとかわらぬ様相だった。

伊東道場の看板が門柱に掲げられている。昼日中だというのに門はかたく閉ざされていた。右近が門扉《もんぴ》を押した。びくともしなかった。

「門《かんぬき》がかけてある。関係のない者に入ってこられては困ることがなかで行なわれていると看るべきだな」

「一か八かの賭けが当たりやしたね」

「おれがなかに入る。伊蔵、踏み台がわりになれ」

右近が伊蔵の耳もとに口を寄せ、何ごとかささやいた。伊蔵が不敵な笑みを浮かべた。

「おまかせくだせえ。万にひとつのしくじりもございやせん」

伊蔵が塀に両手をつき、中腰のかたちとなった。右近がその背に乗り、塀屋根に手を伸ばした。瓦《かわら》に置いた手に力をこめ、躰を持ち上げる。一気に塀屋根に跳び乗るや、屋敷のなかへ身を躍《おど》らせた。

中庭に降り立った右近は門の閂を外した。微《かす》かに開き、隙間《すきま》から顔をのぞかせた。伊蔵が大きく首肯した。

道場がわりに使っている本堂にはお千代、同じ年頃の娘と重松の三人を取り囲む伊東行蔵と数人の弟子たちの姿があった。いずれも酒焼けした赤黒い顔をしている。伊東行蔵は黒に近い鼠色の羽織を羽織っていた。中背だが筋骨逞《たくま》しい、鍛え上げた体軀の持ち主であった。えらの張った四角い顔。大きくて分厚い唇。尖った鼻。猛禽《もうきん》に似た細い目が容貌に凄みをくわえていた。

「欲しいものがある」

伊東行蔵が重松を見据えて、いった。

「金なら、あげます」

財布を懐から取りだして、差し出した。

「金ではない。が、もらってくれと頼むなら受け取ってやる」

むんずと財布を摑《つか》んでおのれの懐にねじこんだ。

「金でなければ、女ですかい。ようがす。自由にしてくだせえ。商売物だが命にはかえられねえ」

じろりと伊東行蔵がお千代たちを見つめた。弟子たちのなかには舌なめずりする者もいた。お千代と娘は脅えておもわず抱き合った。

「たっぷり女の躰も楽しませてもらう。欲しいものは、別にある」

唇を歪《ゆが》め、酷薄な笑みを浮かべた。

「まさか……」

重松が恐怖に顔をひきつらせた。

伊東行蔵が刀を引き抜いた。白目が三方に拡がり、黒目が浮き出てみえた。あきらかに血に飢えていた。弟子たちも刀を抜きつれた。

重松がことばにならないわめき声をあげた。

「死ね」

ゆっくりと大上段に刀をふりかざしたとき、声がかかった。

「真剣を抜き放ち、待っていてくださるとは早手回しな」

伊東行蔵たちが声の方を見やった。

正面入口の濡れ縁に右近が立っていた。

「何者だ」

弟子のひとりが怒鳴った。

「道場破り」

小馬鹿にしたように微笑んだ。

「塀を乗り越えて忍び入ったな。盗人猛々《たけだけ》しい奴め。生かして帰さぬ」

痩身の弟子が上段から斬りかかった。

右近は抜刀しながら本堂に飛び込んだ。痩身の男の刃をわずかにかわして、避ける。痩身は振り下ろした剣の勢いに引きずられ、たたらを踏んだ。道場を構えるだけあって、さすがに伊東行蔵の眼は節穴《ふしあな》ではなかった。間合いの見切りの見事さに眼を見張り、右近を鋭く見据えた。

右近は勢いのまま円陣に斬り込んだ。右八双から左へと刀を振り、右へ返す。

弟子たちの陣形が崩れた。一気に突っ込んだ右近はお千代と娘、重松をかばって、立った。

「お千代さん、おれから離れるな」

声をかけられて、はじめてお千代は助けに来た者が何者か気づいた。

「あなたは、先生のお知り合いの」

「月ヶ瀬右近だ」

「死ね」

頬に刀傷のある弟子が上段から斬ってかかった。鎬《しのぎ》で受けるなり右近は敵の足首を蹴った。凄まじい一撃に横倒しに崩れ落ちた背に刀を突き立てる。

断末魔《だんまつま》の呻きを発して、男ははげしく痙攣《けいれん》した。虚空を掴み息絶えた。

刀を引き抜き、右近は油断なく中段に構えた。

「話は聞かせてもらった。躊躇なく人殺しができる輩と見極めた。容赦はせぬ」

「おのれ、相弟子の仇《かたき》」

痩身が突きをくれた。右近は下段正眼から刀を振り上げた。鉄《かね》と鉄が激しくぶつかりあい、火花を発した。痩身の刀は高々と宙に跳び、天井に突き立った。

「退《ひ》け。腕が違いすぎる」

伊東行蔵のことばに弟子たちが後退《あとじさ》った。

「久しぶりに骨のある相手と出くわした。富士浅間流、伊東行蔵、一騎打ちの勝負をしたい」

羽織を脱ぎ捨て、正眼に構えた。

「源氏天流《げんじてんりゅう》、月ヶ瀬右近」

右車《みぎぐるま》のかたちをとった。正対する伊東にたいし左肩を前に躰を半身にし、右膝近くに柄《つか》を握った手が位置するこの構えは、前後左右の敵の攻撃にも備え得るものであった。

「お千代さん、少しずつ下がる。同じ間隔で動くのだ」

お千代がうなずいた。重松も、修羅場《しゅらば》を踏んできた男らしくお千代と娘をかばって、右近の背後でぐるりに警戒の視線を走らせていた。

伊東が薄笑った。

「右車できたか。正々堂々の一騎打ちとみせて、一斉に斬り込む策、どうやら見破られたようだな」

「信の字は人の言《ことば》と書く。おぬしの人品骨柄《じんぴんこつがら》、信ずるには値《あたい》せぬ」

冷ややかな物言いだった。伊東が、吠《ほ》えた。

「同時に仕掛ける。ひとり残らず斬れ」

弟子たちが刀を構えなおした。

殺気が本堂内に漲《みなぎ》ったとき、呼子《よびこ》が鳴り響いた。

「人殺し。伊東道場だ」

わめき声が聞こえた。再び呼子が鳴り響いた。

「御用の筋」

「まずいことに」

弟子たちに動揺が走った。顔を見合わせる。その虚を右近は見逃さなかった。

「逃げるぞ。門へ向かって走れ」

お千代たちが一斉に走りだした。右近は右車の体勢を崩さず、素早く後退った。

追おうとする弟子たちに伊東行蔵が怒鳴った。

「追うな。町方の奴ら、道場までは押し入って来ぬ」

弟子たちが動きを止めた。

伊東行蔵は身じろぎもせず、駆け去る右近を見据えている。

五

呼子を手にして、伊蔵がにやりと笑った。

「何かのときに便利づかいできる代物《しろもの》とふんで、岡っ引きに一分金を摑ませて手に入れた呼子。おもった以上に役に立ちやす」

右近が応じた。

「伊東行蔵、手強い相手であった。弟子たちとともに斬りかかられたら三人を守り切れなかったかもしれぬ」

「塀屋根に身を潜めて様子をうかがってたんですが、よく道場のなかがみえなくて。剣戟《けんげき》の音の具合で呼子を吹く頃合いを見計らっておりやした。ちょっと遅れたんじゃねえかと。しくじりやした」

「早すぎても嘘に聞こえる。あのときでよかったのだ」

そういって右近は視線を伊蔵からお千代、娘、重松へと流した。右近たちは三浦屋の内所の奥座敷にいる。追っ手がかかることを警戒して、休むことなく早足で吉原遊郭へ向かった五人だった。

着くなり伊蔵が三浦屋四郎右衛門への取次を男衆にたのんだ。折悪《おりあ》しく来客中で、

「少し待っていてほしい」

との伝言があった。

ほどなく座敷に三浦屋が姿を現わした。つづいて入ってきた人物を見て伊蔵は驚きの表情を浮かべた。

「お客は和尚さんだったんですかい」

「浄閑寺は貧乏寺での。わしの唯一の楽しみの般若湯《はんにゃとう》を買う金もない。今朝の弔いの御布

施を受け取りにきたのじゃ」

　三浦屋四郎右衛門が笑みを含んで、いった。

「いきなりおいでになられて『伊蔵からきいておろう。出入りの女衒と買いつけた女たち四人の弔いをすませた。御布施を所望じゃ』と手を出されての。わけがわからず、ただただ困った」

　慈雲が右近に視線を向けた。

「昨日葬った浪人が世話になった娘さんは無事だったようだの」

「かろうじて」

　右近が応えて、お千代を振り向いた。

「お千代といいます」

　そういって頭を下げた。慈雲は鷹揚《おうよう》にうなずき、目線をもどした。

「右近。これ以上の手出しはならぬぞ。吉原はこの世にあってこの世ではない世界。この世の者がすすんでかかわってはならぬ迷界でもあるのだ」

「……しかし、ほうっておけば骸《むくろ》の山が築かれる怖れが」

「吉原のことは吉原にまかせるのじゃ。手助けが必要となれば総名主の三浦屋殿が頼みに来る。のう、三浦屋殿」

三浦屋四郎右衛門が微かに笑みを浮かべて、首肯した。

「帰るぞ」

慈雲が立ち上がった。

「お千代さん、おれにできることは相談にのる。伊蔵にいえば、おれにつたわる」

「近いうちにおっかさんのことで……」

いいかけて口を噤み、うつむいた。気儘《きまま》に振るまえなくなった身の上を思い起こし、ことばを控えたに違いなかった。

「頼むぞ、伊蔵」

「承知しやした」

右近は、座敷を出た慈雲につづいた。

右近と慈雲は日本堤《にほんづつみ》を歩いていく。浅草田圃《たんぼ》を吹き抜ける風が心地よかった。

「『仁義礼智信忠孝悌《じんぎれいちしんちゅうこうてい》』。これが浮世で説く八徳じゃ。吉原などの苦界では八徳をこう説く。『孝悌忠信礼義廉恥《こうていちゅうしんれいぎれんち》』。苦界では物事の筋道を明らかにする意味を持つ『廉』、恥じる意の『恥』が思いやり、慈《いつく》しみを示す『仁』や物事を理路整然とわきまえ、判断する意味の『智』よりも重んじられるのじゃ」

右近は、慈雲の十八番《おはこ》に、無言で聞き入っている。

「天地にはこの世とあの世のほかに、この世とみえてこの世にあらぬ世が存在する。色に譬《たと》えれば白、黒、灰色とでもいったらいいかの」

慈雲は足を止め、振り向いた。

「わしは浄閑寺の住職を引き受けたときから、この世とあの世の間を流れる三途の川の渡し守、灰色の世界の住人となったのじゃ」

右近も足を止めていた。

「三途の川の用心棒を引き受けたときから、おれもこの世とみえてこの世にあらぬ世の住人と決めておる」

「右近、ひとことだけ言い足しておく。白の世界で生き抜ける者はほんの一握りじゃ。お千代という娘のように貧しさゆえ灰色の世に引き込まれる者もいる。嘘も方便と好んで嘘を重ね、罪の意識もなく人をだましつづける堅気の衆はそこらにおる。表向きは白と見えて、実のところ灰色の暮らしを為す者は無数にいるのだ」

慈雲はことばをきった。右近を真正面から見つめた。眼に、強い意志を秘めた光があった。

「やくざなどの無頼渡世、吉原やかくれ里などの苦界にはそれぞれの世界を守る厳しい掟《おきて》が存在する。が、表向きは白と見え、実体は灰色の生き方を為す輩には動きの歯止めとなる掟など、何一つない。なんでもありの悪さを仕掛けつづけても表沙汰《ざた》にならぬかぎり裁《さば》く手立てはないのだ。まこと始末に負えぬ奴らというべきは、こ奴らなのかもしれぬ」

「白と見えて実体は灰色の、動きの歯止めとなる掟を持たぬ輩……」

「即座に人を見分ける眼力などわしを含めて誰ひとりとして、持ち合わせてはおるまいよ。じっくりと事の成り行きを見つめて見極《きわ》める。それしか判別の手立てはないのだ」

右近は黙っている。違った物言いではあったが、

「三浦屋四郎右衛門の依頼がないかぎり、動くな」

といった慈雲のことばの真意を心中で嚙みしめていた。確たる答を得たわけではなかった。が、いまはまさしく事の推移を見定めるときだとおもった。

うむ、うなずいて慈雲は歩きだした。右近も悠然と歩き始めた。

伊蔵が探索をはじめて、すでに数日が過ぎ去っていた。動かしている十人の男衆の聞込みもかんばしいものではなかった。が、伊蔵はお千代たちを伊東行蔵一派が拐《かどわ》かし、殺害しようとしたところから、上野から下谷一帯を縄張りとする赤鬼の金造が仕掛けの黒幕と睨《にら》んでいた。

しかし、赤鬼の金造一家の子分には、狩られた隠し売女たちを取り返そうとする動きすらなかった。

不思議なことといえた。

伊蔵は思案を押し進めた。何度考えても、同じ結果にたどりついた。

(赤鬼の金造が決めた隠し売女狩りにたいするけじめのつけ方は、吉原で買いつけた女たちを片っ端から殺すということなのだ)

伊蔵は腕を組み、呻いた。伊東行蔵の、空気までをも切り裂くかに見える凄まじい太刀捌《さば》きを思い浮かべた。

「おれの手には余る」

伊蔵はおもわずそうつぶやいていた。

四郎兵衛会所を出た伊蔵は仲《なか》の町《まち》を三浦屋へ向かっていた。

前からやってきた、銀鼠色《ぎんねずいろ》の地に滝縞《たきしま》模様の小袖を小粋に着こなした女が声をかけてきた。

「どこにゆくんだい、伊蔵さん」

伊蔵が顔を上げた。

「付馬《つけうま》のお蓮か」

「付馬は余計だよ。さっきから挨拶してるのにしらんぷりの仏頂面《ぶっちょうづら》、それもとびきりの怖い顔ときている。声をかけたくもなるじゃないか」

「すまねえ。急ぎの用があるんだ」

　行きかけた伊蔵に、

「愛想なしだね。聞きこんだ赤鬼の金造の話を聞きたくはないのかい」

　伊蔵の足が止まった。振り返った。

「なに。赤鬼の金造」

「掛け取りに出向いた下谷広小路の料理屋の亭主に、裏稼業の奴らとのつきあいの多い男がいてね。赤鬼の金造が何かと便利づかいしている富士浅間流の伊東行蔵に結構な金を包んで、何ごとか頼んだ、という話を聞いたというんだよ」

「ほんとうか」

「聞いた相手が赤鬼の金造一家の兄貴格だというから、まず間違いないとおもうけどね。兄貴格が『親分は子分よりも町道場の破落戸剣客を大事にする癖がある』と、一緒に呑んでいたときに愚痴《ぐち》ったのがはじまりで聞かされたといってたけどね」

「お蓮、いま、躰は空いてるか」

「遊んだ金を払わない客が多くてね。取立にまわる付馬稼業、年中暇なしだよ」

「総名主のところへ一緒に来てもらいてえ」

「三浦屋へ。何かあったのかい」

お蓮の顔に緊張が走った。

「事の顚末は道々話す。月ヶ瀬の旦那に御出馬を願うことになるはずだ」

「月ヶ瀬の旦那に」

お蓮の面に浮き立つものが見えた。ときがときだけに伊蔵は苦虫を嚙むおもいにとらわれた。が、お蓮の、秘められた右近への一途な恋情をわかりすぎるほど察しているせいか、咎め立てする気は起きなかった。

「時と場合によっちゃ、また手伝ってもらうことになるかもしれねえ」

「声をかけておくれ。月ヶ瀬の旦那のお役に立ちたいんだよ」

おおいに乗り気でそういったものだった。

「まずは総名主と話し合わなきゃならねえ。行くぜ」

歩きながら伊蔵はお蓮に、隠し売女狩りから始まった事の顚末《てんまつ》を話して聞かせた。話し終わったころには、すでに三浦屋の店先にいた。

廓の一階と入口を一目で見渡せる場所にある内所の奥座敷で、三浦屋四郎右衛門は伊蔵やお蓮と向かい合っていた。

煙草をくゆらせながら話を聞き終わった三浦屋は、煙管《きせる》を煙草盆の端に軽く打ちつけて灰を落とした。

「そうかい。赤鬼の金造が悪さを仕掛ける張本人だったのかい。重松とお千代たちの一件から、あのあたりを縄張りとする金造が仕組んだことじゃねえかと疑っちゃいたが、お蓮の聞きこんだ話から一本につながった」

「慈雲和尚の様子からいって、総名主が直々に頼みにいかなきゃ、月ヶ瀬の旦那に手助けを願うのは無理。ここんとこは総名主に動いていただくしか手がねえんで」

伊蔵が身を乗り出した。

「慈雲和尚、酒と銭にはほんとに眼がないんだねえ。仏の慈悲を説く坊主とは、とてもおもえないよ」

あきれ顔でお蓮がいった。

「赤鬼の金造はともかく、富士浅間流の道場主・伊東行蔵が相手となると吉原の男衆では太刀打《たち》ちできまい。死人もひとりやふたりではすまないだろうよ。伊蔵のいうとおり、月ヶ瀬さんに御出馬願うのが一番だろうね」

「できれば一時《いっとき》でも早い方が……」

「いまから出かけよう。伊蔵、お蓮、供をしてくれ」

お蓮が大きくうなずいた。その眼に、およそ場違いな、艶《つや》やかなものが煌《きら》めき、すぐに消え去ったのを伊蔵は見逃してはいなかった。そのことを三浦屋に気取《けど》られぬよう、わざとらしく顔を背けた。


浄閑寺の本堂で、慈雲、右近と三浦屋が向かい合っていた。三浦屋の背後に伊蔵とお蓮が控えている。

慈雲の前に紫の袱紗《ふくさ》包みを置いて、いった。

「喜捨《きしや》でございます」

「三浦屋殿の願い、神仏も喜んでお聞きとどけになられるであろう」

袱紗を開いた。なかに封印付きの小判が四つ、積まれていた。

「しめて百両、たしかに」

袱紗に包みなおして懐にねじこんだ。

「不足の折りは伊蔵にお申し付けください。所用があって私が来れぬときは伊蔵に持たせます」

躰ごと右近に向き直っていった。

「伊蔵、お蓮はもちろん亡八者たちを望みのままにお使いくださせい」

「人選びは伊蔵にまかせたい。頼むぞ」

「いま隠し売女狩りにかかわる探索で動いている連中が十人おりやす。総名主、あと十人ほど人手を増やしやす。含んでおいておくんなせえ」

「下手《へた》な遠慮はしないでおくれ。一時《いっとき》も早く一件を落着させるが先。そのことだけをこころがけておくれな」

三浦屋が穏やかな口調で告げた。


翌朝、伊蔵は四郎兵衛会所に選び抜いた二十人の亡八者とお蓮を集めて、浄閑寺へ出かけようとしていた。右近と亡八者たちを引き合わせるためだった。会所の入口から足を踏み出したとき、面番所《つらばんしょ》の手先が血相変えて走り込んできた。

出合い頭にいった。

「伊蔵さん、吉原出入りの鑑札を持った女衒らしき男とふたりの女の死体が隅田《すみだ》川に浮いた」

「なんだって」

「骸は駒形堂《こまがたどう》近くの自身番に引きあげてあるそうだ。顔あらためにに出向いてくんな」

「わかりやした。ご苦労さんで」

振り返って、いった。

「顔合わせは明日にする。お蓮、ひとっ走り浄閑寺へ行って月ヶ瀬の旦那を連れだしてきてくれ。落ち合うところは駒形堂近くの自身番だ」

「あいよ」

お蓮が裾を蹴散らして駆けていった。

「左次郎《さじろう》、手分けして赤鬼の金造の動きを探ってくれ」

「抜かりなく」

「頼むぜ」

踵を返した伊蔵は脱兎《だっと》の如《ごと》く走り出した。

初《しょ》会《かい》

一

お蓮とともに自身番に駆けつけた右近は、土間にならべられた死骸をあらためていた。男ひとりに女がふたり、三体の骸《むくろ》の傍らで膝を折って、見入っている。女ふたりは一糸まとわぬ、あられもない姿であった。ふたりとも首に絞められた指の痕《あと》が青黒く残っている。一方の女の唇の左下に黒子《ほくろ》があった。右近は、お千代の唇の左下にも黒子があったことをおもいだした。

（この黒子、何か、殺しにかかわりがあるのやもしれぬ）

不意に湧き出たおもいだった。思考を押しすすめたが、つながりを見いだすことはできなかった。

男の死体には首がなかった。躊躇のない、鮮やかな切り口だった。

（人のこころを持ち合わせぬ輩《やから》の仕業……）

お千代たちを拐《かどわ》かし、殺戮《さつりく》しようとした伊東行蔵の太刀筋を思い浮かべた。わずかな立ち合いではあったが、それなりに太刀捌《たちさば》きは見極めたつもりであった。何度も脳裡で太刀筋を思い描いた。断たれた首の刀痕と重ね合わせてみる。幾度となく繰り返した。伊東行蔵の剣の捌き方には、まわりにいる者たちにおのれの技を見せつけるために為す余分な動きがあった。剣を銭にかえて生きる輩にありがちの、腕を売りこむための手立、ともいうべき所作であった。

切り口にはその動きの片鱗すらなかった。伊東行蔵でないとするとまだめぐり会ったことのない剣の使い手が存在することになる。右近の思案を、背後に控えていた風渡りの伊蔵が断ち切った。

「首なしの男は女衒《ぜげん》の友太郎《ゆうたろう》で。身につけた小袖でわかりやす。紅《くれない》色の裏地を仕立てて洒落《しゃれ》者を気取っていた、なにかと嫌味な野郎でして」

めくれた男の着物の裏地はまぎれもない紅色であった。みとどけた右近が伊蔵を振り向いていった。

「死体を浄閑寺へ運ぶ。吉原に縁のある者たち、浄閑寺で弔うべきであろう」

「荷車を用立ててまいりやす」

伊蔵が自身番から出ていった。お蓮が全裸の女の骸《むくろ》をみつめていった。

「このままだとあまりにも可哀想。古着でも着せてやりたい。あたしの勝手にまかせていただけますか」

右近は無言でうなずいた。


死者を弔う読経をすませた慈雲が浄閑寺の本堂へ向かって、歩き去った。見送った右近は伊蔵とお蓮を振り返った。

「亡八者たちが聞き込んできた話を聞きたい。四郎兵衛《しろべえ》会所に皆を集めてくれ」

一刻（二時間）後、右近は四郎兵衛会所の座敷で居ならぶ亡八者たちと向き合っていた。

「赤鬼の金造や兄貴分の奴らに目立った動きはありやせん」

左次郎がこれまでつづけてきた探索の結果を復申《ふくしん》した。伊蔵がことばを引き継いだ。

「お千代たちを殺そうとした伊東道場のような破落戸《ごろつき》剣客たちを使って仕掛けているのかもしれやせんね」

「赤鬼の金造の手先として動く町道場の目当てはついているのか」

「三軒ほどは。そのなかでは伊東行蔵の道場が一番の腕利き揃いと聞いておりやす。そうだったな、左次郎」

「そのとおりで。しかし、赤鬼の金造の息のかかった町道場はまだまだあるようにおもわれやす。たがいに秘密にしているのか、つながりが表にでていないのがほとんどでして」

「動きださないかぎり、かかわりがつかめないというわけだな」

右近の問いかけに、

「なかなか尻尾《しっぽ》をつかませねえ相手でして。何とかつきとめてえと粘《ねば》り強く張り込んではいるんですが」

左次郎が面目なさげに頭を下げた。

頃合いとみたか、横合いからお蓮が口をはさんだ。

「備前国は畷川《なわてがわ》藩のお侍たちが『母子ふたり暮らしの十七、八の娘はいないか』と江戸中の長屋を探し歩いているそうですよ」

伊蔵が念を押した。

「たしかに畷川藩の者だという証《あかし》はあるのか」

「心当たりがあったら畷川藩の上屋敷へ知らせてくれ、と言いおいているそうだから、まず間違いはないいんじゃないのかね」

そういってお蓮は、

「あたしが畷川藩のお侍と直《じか》に出会ったわけではないから、はっきりしたことはいえないけどね」

とつけくわえた。

「十七、八というと、殺された女たちも似たような年頃だったな」

右近のつぶやきを伊蔵が聞きとがめた。

「買付覚をあらためてきやす」

伊蔵が立ち上がった。

ほどなくもどってきた伊蔵の手には買付覚と表書きされた紙縒《こよ》りで束ねられた書付があった。

「殺されたのは十七の、それも母子ふたり暮らしの娘ばかりで」

伊蔵は買付覚を右近に差し出し、言い添えた。

「殺された女たちの買付証文のあるところに懐紙を挟み込んであります」

受け取った右近は買付覚をめくって証文をあらためた。

「……母子ふたり暮らし、十七という年頃に何か意味があるのかもしれぬな」

そうつぶやき、買付覚から顔を上げて告げた。

「買付覚に名のある者はもちろん、母と子ふたりぐらしの十七の娘が他の長屋にいるかどうか、手分けしてあたってくれ」

伊蔵が身を乗り出した。

「殺された女たちはみな、そこそこに器量よしでした。姿かたちも調べに含めたほうがいいんじゃねえかと」

伊蔵のことばに右近は黙って、うなずいた。

四郎兵衛会所の前に立ち、探索に散ったお蓮や左次郎たち亡八者を見送った右近は、伊蔵に告げた。

「赤鬼の金造は、伊東行蔵のほかに何人か腕利きの用心棒を抱えているという話だったな」

「めぼしいのが三、四人いると左次郎がいってましたが、どれほどの腕前か詳しいことは」

右近は黙りこんだ。眼を向けて、いった。

「赤鬼の金造のすまいはどこだ」

「不忍池《しのばずのいけ》近くの下谷御数寄屋《おすきや》町に一家を構えておりやす」

「案内してくれ。これから出向く」

「遠目に様子を探る。そういうことで」

「殴り込むのさ」

伊蔵が驚愕の眼を剝《む》いた。

「そいつは無茶というもので。赤鬼の金造は子分の百人は抱えているという噂の荒くれ者。止《や》めたほうが」

「百人いても腕に覚えがある者は十人とはいまい。それに」

「それに」

右近は不敵な笑みを浮かべた。

「つねに百人、赤鬼の金造のそばにいるわけでもあるまい。土地《ところ》の見廻りに出かけている者もあろうし、いても半分。もっと少ないと看《み》てもいいのではないかな」

「二十人いたとしても有象無象《うぞうむぞう》の三下奴《さんしたやっこ》がほとんどだ。右近の旦那とあっしでなんとかなりやすね」

伊蔵が狐目を細め、片頰を歪《ゆが》めて薄く笑った。

「相手の腕を見極めるには仕合ってみるのが一番の早道だ」

「面倒な手間を省く。そのための殴り込みというわけで」

「そうだ」

「先導役をつとめさせていただきやす」

伊蔵が歩きだした。つづいた右近の面には何の昂揚もみられなかった。どこかそこらへ散歩にでも出かけるような、のどかで涼しげな顔付きをしている。

赤鬼の金造一家は大通りから一本なかへ入った通りに面していた。腰高障子四枚をつらねた表の出入り口には二重の長四角で囲まれた［赤鬼］の文字が大きく描かれていた。

右近が刀の鯉口を切った。

「おれと背中合わせでいろ。背後からの敵に備えるんだ。決して離れるな」

「修羅場に出くわすとやけに血が騒ぐ質《たち》でしてね。恋しい男に出会う娘っ子みたいに、わくわくしてまさぁ」

「入るぞ」

腰高障子に手をかけた。

いきなり開けはなたれた腰高障子に、上がり框《がまち》に腰をかけて将棋をうっていた子分ふたりが顔を向けた。

「赤鬼の金造はいるか」

いつもと変わらぬ、穏やかな右近の声音だった。

「親分を呼びすてにしやがって。勘弁できねえ」

「いってえ何のつもりだ」

立ち上がった子分たちがほとんど同時に吠えた。

ふたりを見やって、いった。

「殴り込みに来た」

「殴り込みだ、と。ふざけるな」

「喰らえ」

懐に呑んでいた匕首《あいくち》を抜き放ち、突きかかった。

右近の大刀が鞘走《さやばし》った。ふたりが大層な悲鳴をあげて、匕首をとり落とした。右手首を左手で押さえている。斬られたのか血が手の甲をつたい落ちていた。

眼にも止まらぬ早業とはまさしくこのようなことをいうのであろうか。伊蔵は、驚愕に棒立ちとなっていた。背後に控えていたにもかかわらず右近の刀が左へ走り、右に返されたのをしかと見とどけることはできなかった。

ふたりのわめき声を聞きつけて奥から子分たちが飛び出してきた。長脇差を手にしている。

「与吉《よきち》兄い、殴り込みだ」

斬られた片割れが血を滴《したた》らせた手で右近を指差して怒鳴った。

「殴り込み？　ふたりでか」

与吉が長脇差を抜きはなった。十数人はいるだろうか、他の男たちも長脇差を抜きつれた。

「いい度胸だ。生きて帰れるとおもうな」

顎をしゃくった。子分たちが一斉に右近と伊蔵に襲いかかった。右近が右下段から逆袈裟に刀を振りあげ、左右に刀を打ち振った。子分数人が脇腹を、腕を切り裂かれ、呻き声を発して転倒し、激痛にのたうちまわった。匕首を構えてはいたが、伊蔵が手出しをする余地はなかった。見向きもせず右近が背後に声をかけた。

「奥へ向かうぞ」

「わかってまさぁ。決してそばから離れやせん」

草履《ぞうり》のまま右近は上がり框へのぼった。座敷へ、ゆっくりと歩みをすすめる。刀を右下に下げていた。鮮やかな手並みに怖れをなしたか、与吉たちは遠巻きにしたまま斬りかかろうとはしなかった。伊蔵は背中合わせにすすんでいく。

奥から兄貴分四人をしたがえた赤鬼の金造が出てきた。左右に伊東行蔵ら道場の面々の顔があった。

右近の片頬に皮肉な笑みが浮いた。

「これは伊東道場のお歴々、意外なところでお目にかかりましたな」

赤鬼の金造に視線を移し、つづけた。

「赤鬼の金造親分とのつながり、しかと見とどけ申した。先日の、吉原ゆかりの女衒と娘たちに危害を加えたる一件、親分の指図によるものと看たが」

「勝手な推測は迷惑千万。つけ損《そこ》なった勝負、この場で果たす」

刀を抜きはなった。弟子たちも大刀を抜く。

右近は左下段に構えた。様相にいささかの揺るぎもなかった。涼しげな、花でも愛《め》でる目つきで伊東行蔵らと対峙《たいじ》している。

「死ね」

左右から弟子たちふたりが同時に斬りかかった。

右近は半歩踏み込んで、迎え撃っていた。刀を逆袈裟に右へ振り上げ、袈裟懸けに左下に返していた。

誰が吹くのか妙なる笛の音が聞こえてきた。高く低く、笛は鳴り響いた。凄惨な剣戟の場におよそ不似合いな風雅な音色であった。

その場に、重苦しい沈黙が漂った。

首根をわずかに切り裂かれたのかふたりの弟子たちは喉から血汐《ちしお》を噴きあげていた。降りかかった血飛沫《しぶき》に我にかえった赤鬼の金造が、呻いた。

「こんなときに笛なんか吹きやがって」

右近が薄く笑って、告げた。

「笛ではない。源氏天流《げんじてんりゅう》につたわる秘剣『風鳴《ふうめい》』が為せる業《わざ》。切り裂かれた喉の血脈から噴き上げる血汐が奏でる調べと知れ」

笛の音が小さくなって途絶えるや、ふたりの弟子たちは膝を折って、一気に崩れ落ちた。

「おのれ。許さぬ」

歯ぎしりした伊東行蔵が大上段にふりかぶったとき、背後から声がかかった。

「よせよせ。いきり立っては勝負ははなから負けと決まっておる」

「何っ」

怒りに眼を剝いて、伊東行蔵が振り向いた。右近も目線を注ぐ。赤鬼の金造たちがいたとおもわれる奥の座敷からゆっくりと現われたのは、以前子分たちを手玉にとっていた侍であった。

（あの時以来、金造とのつきあいはつづいていたとみゆる）

右近はじっと見つめた。見つめ返して侍は、いった。

「お引き取りになられるがよろしかろう。これだけ暴れれば十分であろうが」

「余計な口出しは止せ。これはおれの勝負だ」

伊東行蔵が吠えた。

「仲裁は時の氏神《うじがみ》という。まずは怪我人の手当が先。もっとも伊東先生の高弟ふたりはすでに坊主に世話をかける身。ほかの段取りが必要であろうがの」

「伊東先生、退《ひ》いておくんなせえ。傷の手当てをしてやりてえ」

赤鬼の金造が吐きすてるようにいった。

「どうかな。殴り込まれた方は」

侍の問いかけに、右近は黙って大刀を鞘におさめた。

「さっそくのお聞き届け、痛み入る。お引き取りくだされ。みんな、これ以上の争いは無用。手出しをした奴はおれが斬る。妙な気を起こす前に、刀を捨てろ」

刀の鯉口を切った。子分たちが不満げに鼻を鳴らして長脇差を足下に置いた。

右近が伊蔵に声をかけた。

「引きあげるぞ」

「あっしの動きに合わせておくんなさい。背中合わせのままですすみやす」

周囲に警戒の視線を走らせつつ右近は、伊蔵の背中との間合いを保ちながら、ゆっくりと後退った。

二

膝を折った田沼意次が桃里《ももざと》の墓をじっと見つめて、小半刻（三十分）近くになる。月違いの命日のたびに繰り返されている風景であった。

桃里は田沼意次がまだ部屋住みのころ馴染《なじ》みとなっていた、中級格の、部屋持ちという吉原の遊女であった。通いつめる金もままならぬ男のために遊女自身が客にかわって玉代や茶代を立てかえる身揚《みあが》りまでして逢瀬をかさねた。が、田沼が親のすすめるままに妻を娶《めと》ったことを知り、悲嘆の果てに自害したのだった。二十数年前のことである。

触れ合った日々を真実愛《いと》おしくおもってか、在府の折りには毎月の墓参をかかさぬ田沼を、慈雲は、

「それが、田沼に残っている唯一の純な部分なのかもしれぬ」

と評した。

月ヶ瀬右近もまた、その行為から一片の情愛を感じとっていた。金権政治の権化《ごんげ》のごとく噂されている田沼からは想像もできぬ、隠された姿であった。

「墓参をかかさぬのも田沼なら、賄《まいない》づけの、金権にどっぷり浸《つ》かった権勢の鬼も、また田沼よ」

との慈雲のことばどおり、両面を持つ、つかみどころのない人となりに大いなる興味も抱いていた。

右近は浄閑寺の庫裏《くり》の濡れ縁に坐り、眼を閉じて沈思していた。墓参が終わるのを待っている。

「話したいことがある。昼餉《ひるげ》につきあってくれぬか」

曲輪《くるわ》内の役宅へ出迎えにいったさい、そう告げられていた。役宅とはいえ、広大な敷地を有する豪壮な邸宅で、御三家御三卿や三河《みかわ》以来の幕閣の重臣以外の者たちが、老中などの要職に就《つ》いたときにあてがわれる屋敷であった。主だった家臣たちはすべて役宅に引き移り、上屋敷と同じ用向きを果たしていた。

田沼は、浄閑寺へ着くまで一言もことばを発しなかった。深編笠をかぶり、ゆっくりと歩いていく。右近もまた、ことばをかけることはなかった。その面に、何やら屈託ありげなものが宿っているのを感じとっていたからだった。

(わだかまりのもとは、のちほど話されるはず)

そう推《お》し量っていた。

右近は静かに眼を見開いた。田沼が立ち上がった気配を感じとったからだった。田沼は深編笠を小脇に本堂へ歩いていく。右近もまた、本堂に向かうべく立ち上がった。

隅田川がゆったりと流れている。照りつける陽光を受けて、川面に躍《おど》る波紋が眼を射らんばかりの眩耀《げんよう》をつくりだしていた。

橋場の渡し場から出た渡し船が隅田村《すみだ》へ向けて流れを横切っていく。真崎稲荷《まつさきいなり》の赤い鳥居が雲ひとつない空をくっきりと切り裂いていた。

真崎稲荷はただしくは真崎稲荷明神社といい、隣接する、別名を石濱《いしはま》神明ともいう朝日神明宮の摂社《せつしゃ》であった。天文《てんぶん》年間の創建とつたえられ、境内の茶店で売る土製の小狐像は、その愛くるしい姿形から手頃な参拝土産《みやげ》として評判をとっていた。末社の御出《おいで》稲荷は対岸に位置する三囲《みめぐり》稲荷とともに高名な稲荷社で特に吉原仲の町で人気があった。吉原遊郭の行事のひとつでもある俄《にわか》は、この御出稲荷が発祥の地だといわれている。

真崎稲荷の境内には吉原豆腐を使った田楽を売り物とする茶店が建ちならんでいた。なかでも甲子《きのえね》屋は有名で、江戸の名物料理のひとつとされていた。

橋場まで足をのばした右近と田沼意次は甲子屋を素通りし、真崎稲荷近くの、川面に臨む料理茶屋［汐入《しおいり》］の座敷で昼餉を食していた。汐入は川魚料理を売り物とする店で、鰻《うなぎ》の蒲《かば》焼きは江戸の食通の間では江戸有数の美味との評判をとっていた。

「暑い日がつづいている。滋養の高いものを無理にでも食さねば躰がもたぬわ」

田沼は残りの一切れを頬張った。ご飯を口に入れる。ゆっくりと嚙んだ。美味なものを食しているとはおもえない食べ方であった。

「わしは脂《あぶら》っこいものが苦手でな。昔から塩焼きした魚に漬け物、根深汁といった組み合わせの食が大の好物であった」

茶碗を手にとり、お茶を飲んだ。食したものを腹のなかへ流し込むような呑み方だった。

「わしは貧乏性なのだ。いつも何かをやっていないと落ち着かぬ。ぼんやりしていると世に置き去りにされているような気がしてな。焦る」

いつになく饒舌《じょうぜつ》な田沼であった。右近はなすがままにまかせている。

（いつもの田沼様らしくない。こころの屈託を紛らわそうとしておられるのだ）

鰻は江戸風の、濃い味付けであった。こんがりと焼けているにもかかわらず、身はやわらかく口のなかでとろけた。京風の薄味に馴《な》れた舌にはどぎつい味わいであったが、けっしてまずいものではなかった。

田沼は開け放した窓ごしに思川《おもいがわ》を眺めている。岸近くに密生した葦《あし》が水の動きにつれて揺らいでいた。

真崎稲荷の前から橋場の渡し場へゆく道を横切る小川が思川であった。鎌倉幕府の初代将軍源頼朝《みなもとのよりとも》がこの川で騎乗していた馬を洗ったところから駒洗《こまあらい》川とも呼ばれている。

右近が箸を置いたのをみとどけて、いった。

「最近のわしは、すっかり眼がきかぬようになってしもうた。近寄ってくる者たちはおのれの正体を隠しとおす。また実体を見抜けなかったと後悔しきりの日々を過ごしておるのじゃ」

「……お話とは、そのことでございますか」

うむ、とうなずき再び視線を水面にもどした。

開け放した窓から冷気をふくんだ、涼やかな川風が吹き込んでくる。

せせらぎの音に誘われ、右近も窓ごしに景色を眺めた。

すべてが静寂のなかにあった。

ふう、と田沼が大きく息を吐いた。

「おもえば桃里と過ごしたころがわしにとって、もっとも平穏な、こころが安らいでいたときかもしれぬ」

見ると田沼は宙に視線を泳がせていた。どこか遠くを見ている。

（桃里の幻影が見えているのだ）

そうとしかおもえぬ所作であった。右近は無言で待った。

一陣の風が頬を打った。

それがきっかけとなった。

「わしが幕府の財政を豊かにするためにさまざまな手立を講じていることは存じておろう」

田沼はいつものきっぱりとした物言いにもどっていた。

「銭座《ぜにざ》を新しく設け、株仲間も組織した。頓挫《とんざ》したかに見ゆるオロシアとの交易も、まだまだ諦めてはおらぬ」

株仲間は特定の商品を独占して販売する商人・手工業者たちの組織だった。株仲間に加入させた商人たちにさまざまな特権をあたえ、その見返りとして運上金《うんじようきん》・冥加《みようが》金を幕府に上納させる。運上金・冥加金は幕府の金蔵をたしかに豊かにしていた。民の財力を活用してさまざまな事業を興《おこ》す田沼の政策はそれなりに功を奏していたのである。

特権は巨額の富を生みだす。特権を得るべく多くの商人たちが田沼の屋敷に御機嫌うかがいに出向いてきた。御機嫌うかがいには高価な贈り物がつきものである。菓子箱とみせかけて実は小判をぎっしりと詰め込んだ賄賂《わいろ》としかおもえぬ贈答品も多数あった。

「わしは頻繁に訪ねてくる商人たちに、熱意ありと看て、多くの特権をあたえた」

その判断の基準が間違っていたのだ、と右近はおもった。頻繁に通いつめたものは賄《まいない》の高が多くなる。自然の理といえた。このことが、

「田沼意次は賄づけの金権政治家なり」

との悪評を生みだした原因となったのだ。

「地位が上がり、権勢が高まるにつれ、わしに接してくる者たちは身に鎧《よろい》をまとい始めた。表面を取り繕《つくろ》い、本音を決して見せようとはせぬ」

「人物の本音を見抜くのを手伝え、と仰《おっしゃ》るのですか」

「わしには見せぬ心根も右近には垣間《かいま》見せることもあろうとおもうてな」

「私にできることとは、とてもおもえませぬが」

「できる。わしにはわかる。右近には損得の計算がない。我欲のない者には人の善悪、我執のほどがよくみえるものじゃ。白い紙に絵の具を垂らしたら何色かすぐわかるようにな」

右近は黙った。人物の善《よ》し悪《あ》しを即座に判別する能力がおのれに備わっているとはおも

えなかった。が、好き嫌いを決める感覚だけは持ち合わせていると信じた。

「好きか嫌いかは判別できるかと」

右近の応えに田沼が微笑んだ。

「それでよい。それで十分じゃ」

さらにつづけた。

「慈雲和尚をなぜ好人物と看た？」

「理由はありませぬ。ただ」

そこでことばを切った。いっていいかどうか、迷った。

「ただ、なんじゃ。他言はいたさぬ。ざっくばらんにいってみよ」

「見た目は酔いどれで口の悪い生臭《なまぐさ》坊主だが、実体は裏表のない、頑固で一本気なお方かと」

「わしもそうおもう。慈雲殿と話すときは腹の内を探らずにすむ。他人にむだな神経を使わせない、こころの安らぐ数少ないお人だ」

右近をじっと見つめた。

「慈雲殿を見極めた眼で看てくれればいい。頼むぞ」

「役に立てるかどうか、とにかく同座はいたしまする」

「場所と日時はおって知らせる」

「承知しました」

右近の頬を、おもいだしたかのようにひんやりとした川風が通り過ぎていった。田沼は思川の水面に視線をもどしている。

寂静《せきせい》が、ふたたびその場を支配していた。

三

暮六つ（午後六時）を告げる鐘が聞こえてくる。

「吉原は時の鐘まで嘘をつき」

と川柳にうたわれた金龍山浅草寺《きんりゅうざんせんそうじ》の鐘の音であった。

右近は、吉原は三浦屋の二階の座敷にいる。上座には田沼意次が、向かい合って遠州《えんしゅう》屋富吉《やとみきち》が坐っていた。

さすがに天下の老中・田沼意次を招いての宴席であった。座敷に侍《はべ》る花魁《おいらん》たちも高尾太夫はじめ吉原のきれいどころが十人ほど居並び、艶《あで》やかさを競っている。

遠州屋はでっぷりした中背、酒焼けしているのか赤ら顔の猪首《いくび》の男だった。達磨《だるま》のような、ぎょろりとした眼を細めて笑うと愛嬌《あいきょう》たっぷりの顔つきとなった。態度、物腰はあくまでも柔らかく、富裕な商人にありがちな傲岸《ごうがん》な様子はどこにもみえなかった。

田沼は遠州屋を引き合わせたとき、

「江戸有数の油問屋で燈油の株仲間を仕切っているひとりだ」

とだけ、いった。遠州屋の評判、どこで店を開いているかなど細かいことは一切説明しなかった。へんな先入観念を持たせないためとおもえた。

「わしの心許した友だ」

紹介を受け、

「月ヶ瀬右近と申す」

と名乗ったのへ笑みを向け、

「よろしくお頼み申します」

と遠州屋は深々と頭を下げたものだった。一目見て浪人とみえる風体《ふうてい》の者にたいして丁《てい》寧《ねい》すぎる対応だ。

その後の接待ぶりも、わずかの間も飽きさせぬ見事なあしらいだった。目許がつねに愛想笑いを浮かべていた。その隙《すき》のなさがかえって、

（腹の底のみえぬ奴）

とのおもいを抱かせた。

「まずは一献《いっこん》」

「かたじけない」

銚子を手に膝行《しっこう》した遠州屋に盃を差し出した。受けた酒を一口呑んで、膳《ぜん》に置いた。

「お酒は、お嫌いですかな」

「嫌いではありませぬが、ちびりちびりとやる口でしてな。お気遣いはこれまでと願いたい」

「これは気がききませなんだ。無骨な男よりたおやかな傾城《けいせい》の手から注がれた酒がうまいは当然のこと。花魁《おいらん》、だいじなお客人だ。粗相のないよう頼みましたぞ」

銚子を傍らに侍《はべ》る遊女に渡した。笑みをくれて田沼のほうへ向き直る。すべての動きにむだがなかった。

田沼はそんな様子を微笑んで見やっている。が、その目は瞬《まばた》きすることなくふたりに据えられていた。

宴は二刻（四時間）ほどつづいた。高尾はさすがに最高位の太夫《たゆう》職にある花魁だった。美しさはもちろん客あしらいにもほどのよい、それでいていきとどいた気配りがあった。右近のことを見知っているとの素振りは毛ほども見せなかった。

そろそろお開きというときになって田沼がいった。

「遠州屋、わしは明朝早々、はずせぬ御用があっての。花魁と一夜を共にすることはできぬのだ」

「それは、また、残念な」

田沼の真意を探るかのように遠州屋の眼が細められた。微かなものではあったが、右近はその変容を見逃してはいなかった。

田沼は変わらぬ口調でつづけた。

「そこで相談がある」

「何なりと」

遠州屋が満面に笑みを浮かせた。

「ちと難問じゃぞ」

「田沼さまのご要望にお応えするためならば遠州屋富吉、たとえ火の中水の中、命がけでつとめまする」

「月ヶ瀬右近に高尾太夫と一夜を共にさせてやってほしいのだ」

「高尾太夫を……まさしく難問でございますなあ」

困惑を露《あら》わに首を傾げた。

「それはかたく」

いいかけた右近のことばを遮《さえぎ》って、いった。

「辞退はならぬぞ。わしのせめてもの好意だ。受けぬは礼を失するというもの」

「しかし……」

いいかけて、黙った。

「遠州屋、どうじゃな」

「月ヶ瀬さまは高尾太夫にとっては初会の客。吉原では初会は顔合わせまでと定められております」

「だれが決めたのじゃ」

「これは田沼さまともおもえぬ仰《おつしや》りよう。遊里には遊里の決まりがございまする。なかなかくつがえるものではございませぬ」

「いつもの強気な遠州屋はどこへ失せたのじゃ。株仲間を仕切り、燈油の値を自在に上げ下げする強引なやり口はここでは通用せぬと申すか」

「商いと遊びは別でございまする」

田沼の片頬に皮肉な笑みが浮いた。

「この宴席はただの遊びの場と申すか」

「それは……」

「このわしを、ただの遊び相手だというのか。遠州屋、応えよ」

「決してそのような。わたしはそうはおもってはおりませぬ。この場は商いの延長、接待の場とこころえております」

右近は事の成り行きを興味深く見守っていた。田沼意次がなぜこのような無理を押しつけたのか、その真意を知りたいとおもった。遠州屋は頭を下げてはいるが、その目は田沼から離れることはなかった。

「接待されているわしが頼んでいるのだ。月ヶ瀬右近に高尾太夫と一夜を過ごさせてくれぬか」

「できるかできぬか。精一杯のことはやらせていただきます」

右近は口を挟まない。万が一、高尾と一夜を共にすることがあっても、それはそれで対処すればよいと腹をくくった。

遠州屋は視線をうつした。

「高尾太夫、聞いてのとおりだ。わたしの顔を立てるとおもって、初会の客かもしれぬが月ヶ瀬さまと一夜を明かしてくれぬか」

「遠州屋さまはこの高尾を座敷に呼んでくださる大切なお客さま。顔を立てたいところではございまするが、そうはいきませぬ」

「そこをなんとか、考えてほしいのじゃ」

顔色ひとつ変えずに遠州屋が押した。

「無理な相談と申すもの。高尾、遠州屋さまおひとりがお客さまではございませぬ。ひとりのお客さまの顔を立てたら、お客さまみんなの顔を立てなければならなくなりまする。このこと、わかってくんなまし」

「三浦屋さんに掛け合うしか残された手はないようだね」

誰に聞かせるともなくつぶやいた。

「総名主さまにお頼みなされてもどうにもならぬことでございまする。廓《くるわ》の定めを守らせるのが仕事のお方でございますれば」

「そうであったな」

遠州屋が、首をひねった。田沼は薄ら笑いを浮かべて見つめている。

「手立てはないのか」

腕組みをした。あきらかに思案に窮していた。

重苦しい緊迫がその場を覆った。

高尾太夫が、その沈黙を破った。

「この吉原には遊女が客の玉代や茶代を立て替えて遊ばせる身揚りという商いの手立がございます」

田沼が高尾に顔を向けた。

「太夫が、月ヶ瀬右近に身揚りしてやるというのか」

高尾が嫣然《えんぜん》と微笑んで、いった。

「あちきは月ヶ瀬右近さまに一目惚れいたしました。身揚りしても一夜を共にしたいとおもっております」

「太夫、すまぬ。遠州屋富吉、恩にきる。身揚りの払いはわしが責任を持つ。ありがたい。このとおりだ」

両手を合わせて、拝んだ。

「太夫、それは、困る」

右近の面に、わずかに狼狽《ろうばい》が走った。

「女に恥をかかせるものではありませぬ」

やわらかな物言いだったが、高尾の眼差《まなざ》しには強いものがあった。黙り込んだ右近を見て、田沼が高笑いしていった。

「日本一の美女、傾城と誉《ほま》れの高い高尾太夫に身揚りをしてもらえるとは、この果報者めが。存分にかわいがってもらえ」

　無言でうなずいた右近を高尾が艶《えん》な眼差しで見やっている。

　半刻（一時間）後、右近は高尾が客と一夜を過ごす座敷にいた。開けはなたれた襖の向こう、隣室には、ふっくらとした、みるからに豪華な夜具が敷かれてある。

　右近と高尾は膳を間に、差し向かいで坐っていた。

「すまぬ。おれは金では女は抱かぬと決めておる。座敷の一隅で寝るから、眠くなったら太夫は夜具に入ってくれ」

　座敷に入るなり、右近はそういったものだった。

「承知しております」

　高尾はことばを切って、じっと見つめた。

「ふたりきりで過ごすなど二度とないことかもしれませぬ。よろしければ今宵一夜語りあかしとうございます」

　右近は、黙って、見返した。高尾は視線をそらすこともなく、眸《め》に面影を焼きつけるかのように、見つめつづけている。

「太夫の好きにするがいい。おれは京に生まれて、育った。江戸のことはあまり知らぬ。

江戸の話など聞かせてくれ」

「京で生まれ育った、と仰いましたね」

「いった」

「四郎兵衛の伊蔵さんがいっていました。月ヶ瀬の旦那は昔のことを一切話さない。生まれ在所がどこか、どういう暮らしをなさっていたのか。さっぱりわからない、と」

「過去は捨てたつもりでいる。身揚りをしてくれた太夫の心意気に感じいって、つい口を滑らせたとおもってくれ」

高尾は、うつむいた。わずかの沈黙ののち、顔を上げた。

「このこと、だれにも」

「いわずにいてくれ。わずかでも知ると根ほり葉ほり聞きたがるのが人の常だ。わしも二度と昔語りはせぬ」

「月ヶ瀬さま、高尾は、よき一夜を過ごせました」

笑みを含んで応えた。

「まだ夜は長い」

高尾が、思い出し笑いをした。

「どうした。なにがおかしい」

「田沼さまが遠州屋さんに無理難題を押しつけられたのはなぜだとおもわれますか」

「そのこと、おれも気にかかっていたのだ。いつもの田沼様らしくないとおもっていた」

「田沼さまは、いつも相手から用件を持ち出すように仕向けておられます。今夜のことは、高尾をおもいやってのこと」

「太夫のことを」

「宴もそろそろお開きに近づいたころ、隣りに侍っていたわたしに田沼さまが仰いました」

そこで一息ついて、右近を見つめた。濡れているかのような、なまめかしい眼差だった。

（美しい……）

と右近はおもった。

（隙のない、人形をおもわせる、作られた美しさだ……）

脳裡にお蓮の、飾り気のない、開けっぴろげな笑い顔が浮かんだ。お蓮もまた美しかった。その美貌は高尾太夫の対極に位置するものだ、と感じた。

高尾はそのこころの動きにかかわりなく、つづけた。

「太夫は月ヶ瀬を好いているのではないか。時折走らせる目線がそういっておる、と」

右近は無言でいる。ことばを継いだ。

「わたしは、はい、と応えました。田沼さまは、太夫のその想い、わしが遂げさせてやると仰られて」

「それであのような仕儀となったのか」

「田沼さまが話を切り出されたときから、わたしは身揚りする気でおりました」

右近は黙した。気にかかっていることがあった。

「三浦屋殿は、初会の客を身揚りすることをどうおもわれてか。太夫に迷惑がかかる事態にならねばいいがと案じているが」

「総名主さまにはこの座敷に入る前にわたしから話をしました」

「何といわれた」

「月ヶ瀬さまは特別じゃ。初会の客とはおもわぬ、と。それから」

「それから」

「太夫の気持ちはわかっている。伊蔵からそれとなく聞いていた。こころに想う人があるのはいいことだ。厭《いや》な客の相手をするときにも想う人のことをおもい描けば、耐え難きも耐えられよう。今夜は存分にかわいがってもらうがよい、と」

右近は当惑していた。照れも隠しもなく恋心を打ち明ける高尾に応える術《すべ》がないおのれを、あらためておもいしらされていた。三途《さんず》の川の渡し守を自認する浄閑寺の住職・慈雲に請われるまま、三途の川の用心棒を引き受けたときから、

「この世とみえてこの世でない世」

に棲《す》み暮らすことを決意した右近であった。高尾もまた、

「この世とみえて、この世でない世、苦界」

の住人であった。この世との縁を断った、あるいは断たれたふたりであった。はなからこの世では結ばれぬふたりといえた。

吉原のさまざまな祭り。客と一緒なら自由に廓から外へ出ることの許される鷲《おおとり》神社の酉《とり》の市の賑《にぎ》わいぶり。江戸や大坂の大商人たちが面目と見栄を張り合って、贅《ぜい》を尽くした遊びを繰り広げる様子など、高尾太夫の話に右近は、時を忘れて聞き入った。

(若かりしころの田沼様も桃里の話に、いまのおれのように興味を湧かせていたに違いない)

高尾は座敷にいるときとは別人のような感があった。目を大きく見開いたり、不意に首を傾げたり、転げるように笑ったり、話次第で表情が千変万化した。

(作られた高尾太夫よりこのほうがずっと美しい)

しみじみとそうおもった。

「あたしは実は江戸の生まれではありませぬ。相州《そうしゅう》は江《え》の島《しま》の産でございます。目を閉じると、砂浜に打ち寄せる白波がくっきりと浮かびあがります」

そういって高尾は目を閉じた。高尾が昔語りをしたのはその一言だけであった。

夜がしらじらと明け初《そ》めるころ、高尾が右近をじっと見つめて、いった。

「お願いがあります」

「話してくれ」

「必ず願いを聞いてくださる、と約束していただけますね」

「……できることとできぬことがある」

高尾は立ち上がり、部屋の一隅へ向かった。生成《きなり》の布の包みを抱えてきて、右近の前に置いた。

「これは」

「私が見立てて作らせておいた月ヶ瀬さまの小袖でございます。受け取って、いただけませぬか」

「……ご厚意、かたじけない」

高尾の面に喜色が浮いた。

「お立ちくださいませ」

「立つ？」

「わたしの手で小袖をかけさせていただきとうございます」

右近はうなずき、立ち上がった。

包みをとき、なかから藍色の小袖を取りだした高尾は後ろへまわった。着せかけ、かたちをととのえて動きを止めた。わずかな間があった。切なげな吐息が洩れる。高尾の手がかすかなためらいをこめて、肩に置かれた。もたれかかり、背に頰を寄せた。そのままでいる。

右近は、なすがままにまかせていた。その場にかかわりなく閃《ひらめ》いたことがあった。以前、伊蔵が、

「吉原の者たちの志でございやす」

といってとどけてきた黒色の小袖のことであった。

（もしかしたら、あの衣も高尾がおれのために仕立ててくれたものではなかったのか）

優しいことばのひとつもかけてやりたいとの衝動にかられた。込み上げたおもいを懸命に押し殺す。明日の命もままならぬ立場に自ら身を置いた右近であった。

そっと離れた高尾が、こころの揺らぎを断ち切った。

「よくお似合いですこと。見立てに狂いはありませんでした。よかった」

「すまぬ」

右近は後ろを振り向こうとはしなかった。高尾の顔を見たら、押さえ込んだ想いが噴き出しかねぬとの怖れを抱いていた。この世とみえてこの世でない世に生きる女の、この世に住み暮らす女以上の純なこころを、心底、感じとっていた。

四

「月ヶ瀬の旦那が高尾太夫と一夜を共にしたという噂を聞いたんだけど、ほんとうのとこはどうなんだろう」

お蓮が声をひそめて伊蔵に問いかけた。

「一夜は共にされたようだ。総名主からそう聞いた」

お蓮が息を呑むのがわかった。気づかぬ風を装って、つづけた。

「一夜は共にされたが床を共にされたかどうかわからねえ。月ヶ瀬の旦那のことだ。それはあるめえ、とおれはおもう。総名主も同じ見方だ」

「総名主さまがいわれるんなら、そうだろうねえ」

「妙ないい方するじゃねえか。おれがいっても信用できねえが総名主のいうことなら信用できる。そう聞こえるぜ」

「そういうつもりでいったんじゃないよ。ほんとだよ。伊蔵さん、怒らないでおくれな」

いつもはやたら鼻っ柱が強いお蓮が妙にしおらしい口調でいった。

「じかに月ヶ瀬の旦那に聞いてみるんだな」

突《つ》っ慳貪《けんどん》に応じた。いいかげん馬鹿馬鹿しくなっていた。

（お蓮も高尾太夫も月ヶ瀬の旦那を好きなら、抱いておくれ、となりふり構わずしがみつけばいいじゃねえか。それを、まあ、ぐずぐずと。おぼこ娘じゃあるまいし、歯痒《はがゆ》いったらありゃしねえ）

伊蔵から少し遅れたお蓮が、か細い声でいった。

「そんなこと、聞けるはずがないじゃないか」

語尾がかすれて消えた。

ふたりのすぐ後ろにお千代がいる。今朝、お千代の母のお登勢《とせ》の容態が急変したと養生所の下男が知らせて来た。伊蔵が三浦屋四郎右衛門とかけあって、お千代が見舞いにでかけられるように計らったのだった。その折り、三浦屋は、

「月ヶ瀬さまに付き添ってもらうのだ。万が一ということもある。お千代がもう一度襲われるかもしれねえ」

といい、さらに、

「お蓮を連れて行け。何かと役に立つ女だ」

とつけくわえた。

伊蔵たちは日本堤を歩いている。まもなく浄閑寺であった。


右近、伊蔵とお蓮は小石川養生所の一間にいた。お千代は寝かされたお登勢の枕元に坐っていた。半ば意識が薄らいでいるらしく荒い息づかいで眠りこんでいる。

「お千代、おまえは苦界に身を沈めてはいけない。わたしが必ず救い出してみせる。おまえの父さまにすまぬ」

時折目覚めては熱に浮かされたようにいった。

そのたびにお千代が、握っていたお登勢の手に力をこめる。

「おっ母《か》さん」

呼びかけると薄く目を見開き、顔を見つめた。

一刻(二時間)もそうしていただろうか、医者がやってきて、いった。

「控えの間にうつっていただきたい。長の同室は病が伝染《うつ》る恐れが高いでな」

右近らは控えの間にうつった。

「月ヶ瀬の旦那とおれはひとまず引きあげる。悪いがお蓮、お千代と一緒にここに残ってくれ」

「あの様子じゃ今夜あたりが山かもしれないね」

「おれもそうおもう。最後までお千代につきあっていてくれ」

「万が一のことがあったら、どうしよう」

「弔いのことは総名主と相談してみる」

横から右近がいった。

「浄閑寺で仕切ろう。おれから和尚に話す」

「ありがてえ。吉原はしきたり事の厳しいところ。たとえ親子でも吉原にかかわりがない者にたいする扱いは冷たく手厳しい。恩にきますぜ」

「たとえささやかでも弔いが出せるんだ。お千代さんは喜ぶとおもうよ」

みなから離れて座敷の一隅に坐ったお千代は肩を落として、憔悴《しょうすい》しきっている。

(明日にも天涯孤独の身になるかもしれぬのだ。無理もない)

かけることばのひとつもなかった。右近は、視線を宙に浮かせた。

右近と伊蔵は小石川養生所から浄閑寺へ向かっていた。東叡山寛永寺《とうえいざんかんえいじ》の五重塔が威容を

誇って屹立《きつりつ》している。湯島《ゆしま》天神裏門坂通りから下谷《したや》広小路に入ったところで、

「喧嘩だ」

「侍同士だ。血をみるぞ」

騒ぎたてる男たちの声が上がった。三橋の手前に人だかりができている。

「見てきやす」

伊蔵が裾をからげて走っていった。厄介事に巻きこまれることだけは避けたかった。大喧嘩なら予定していた道筋を変えて、脇道を抜けることを考えはじめていた。

伊蔵が血相変えて駈け戻ってきた。

「月ヶ瀬の旦那。赤鬼の金造のところで出くわした侍が喧嘩の片割れですぜ」

「なに」

脳裡に、不敵な笑みを浮かべて赤鬼一家の奥の座敷から出てきた侍の姿が浮かんだ。何かと気になる相手であった。人だかりに向かって歩きだした。

遠巻きにした野次馬たちの後ろに右近は立った。人の間からのぞきこんで、伊蔵がいった。

「あの侍を、勤番侍らしい木綿の地味な小袖に袴姿の、野暮な風体の連中がひい、ふう、みい……六人だ」

振り向いて、つづけた。

「六人が刀を抜いて、とりかこんでますぜ。野郎は、柄に手をかけただけで薄ら笑いを浮かべてやがらあ」

「六人か。腕の立つのがおらぬかぎり、あの侍の勝ちだ」

「野郎は、やっとうの達人ですかい」

「強い。おれより、業前《わざまえ》は上かもしれぬ」

「月ヶ瀬の旦那より、強《つえ》え。ほんとですかい。ただの、やんちゃの過ぎる部屋住みの旗本としかみえませんがね」

信じられない顔つきで視線をもどした。

「勤番侍が斬りかかりやした」

右近は眼を凝《こ》らした。

侍は抜刀し、斬りかかった勤番侍の刀を鎬《しのぎ》で強く打ち据えていた。刀を取り落とした勤番侍が痺《しび》れた手を押さえてうずくまった。勤番侍をかばうかのように別の勤番侍が斬ってかかった。なかなかの腕達者だった。数度鎬を打ちつけあった。横合いから他の勤番侍が襲いかかる。侍は、身をかわしざま、その侍の腕を肘《ひじ》から切り落とした。血飛沫をあげて、転倒する。のたうつ傍らに、刀を握った片腕が転がっていた。

右近は瞠目した。おもった以上の剣の冴《さ》えであった。

「遊びは終わった。これからは命のやりとりだ」

侍が残る勤番侍たちを鋭く睨《にら》み据えた。右八双に構える。その気迫に押されて、勤番侍たちが後退った。

「斬る」

一声発するや侍は勤番侍たちに向かって斬り込んだ。勝負はあっけなかった。右へ左へと侍が刀を返すたびに勤番侍たちが朱《あけ》に染まって倒れた。

鎬を打ちつけ合った勤番侍だけがかろうじて切っ先をかわした。二の太刀が襲う。勤番侍は横転して逃れた。野次馬が悲鳴をあげて散った。侍が歩み寄る。勤番侍は地を這《は》いながら後退った。勤番侍の動きがとまった。立っている何者かの足にぶつかったのだ。

侍が足を止めた。

「おまえか」

視線の先に右近の姿があった。

「縁があるのかもしれぬな」

「縁にもいろいろある。悪縁、逆縁……」

侍が右下段に構えた。

「伊蔵、離れていろ」

呆《ほう》けたように座り込んでいる勤番侍の後ろからゆっくりと横に数歩離れた。手は刀の柄に置かれている。眼は侍に注がれていた。すでにいつでも抜刀できるかたちとなっていた。

「悪縁、なのかもしれぬな」

そういって刀を抜いた。下段正眼に置く。

睨み合いとなった。

侍が、ふっと冷えた笑みを浮かべた。

「やめた。おぬしと斬り合えばおれも怪我をするかもしれぬ。肩を触れた触れぬがはじまりの喧嘩。ここらが潮時だ」

刀を鞘におさめて、いった。

「できれば、二度と刃はあわせたくないな。いずれかが死ぬことになる」

「そう願いたいものだ」

右近も刀をおさめた。

みとどけて侍は踵《きびす》を返した。歩き去る。

右近は勤番侍を見やった。

立ち上がり青ざめた顔で見つめていた。

「かたじけない。拙者」

「人目がある。名乗りは控えられるがよい」

「心づかい、痛み入る。しかし、命の恩人に、それではあまりにも礼を失する。藩名はご容赦いただく。拙者は小塚要之助《こづかようのすけ》。貴殿の名をお教え願いたい」

「月ヶ瀬右近。まずはお仲間を介抱されることだ」

いうなり右近は歩きだした。伊蔵が小塚に軽く頭を下げ、あとにつづいた。

五

右近は、浄閑寺の庫裏の濡れ縁にひとり坐していた。小石川養生所からもどってすでに一刻（二時間）ほど過ぎ去っている。下谷広小路で見た侍の太刀筋を何度も思い浮かべた。勤番侍のひとりが腕を切り落とされ、血飛沫をあげて倒れた。肘から切り落とされた腕が通りに転がっている。躊躇のない、一息に剣を振るった鮮やかな切り口だった。

女衒の友太郎の首なし死体が浮かんだ。首の切り口と切り落とされた肘の切断面をくらべてみる。酷似していた。

（まさか、あの侍が……）

　確信は持てなかった。どこのだれとも知れぬ侍である。しかし、

「やんちゃの過ぎる部屋住みの旗本」

　と伊蔵がいったように、伊東行蔵のような剣を生業《なりわい》とする町の剣客とは違う立場にある者とおもえた。赤鬼の金造と行を共にしていたからといって、殺しまで引き受けるとは考えにくかった。

（やはり、赤鬼の金造は金の高次第で何でもする、おれの知らぬ、伊東行蔵以外の剣客を抱えているのだ）

　しずかに眼を見開いた。

　空は茜《あかね》色に染まっていた。

（お千代の母はどうしたであろうか）

　命の火が燃え尽きかけているのはあきらかだった。

「もって数日」

　と医者はいっていた。

（死ねば浄閑寺に葬られることになる）

　帰るなり右近は、

「お千代さんの母の弔いを執り行なってくれぬか」

と頼みこんだ。慈雲は、

「わしが経文をあげるだけの簡素なものでよければ引き受けよう。墓は空《あ》いている好きな場所につくればよい。以前葬った仏同様、川原で拾ってきた形のいい石に戒名を刻めば、立派な墓標ができあがる」

と二つ返事で引き受けてくれた。

右近は豊村新左衛門の墓に眼を向けた。傍らの無縁仏を祀《まつ》る石塔の下には新左衛門の妻同然の女・お君が葬られていた。

(あの世で手を取り合って、仲良う暮らしているとはとてもおもえぬ)

不仲とはいえ妻を捨てた男と妻から夫を奪った女であった。

(この世の道理からは外れた生き方をしたふたりなのだ)

右近は思案の淵《ふち》に沈んだ。世間では、殺生《せっしょう》は悪だという。ならば、この世に害毒を流す悪どもとはいえ、その命を容赦なく奪うおれは非道を貫く大悪人ということになる。仏の道を説きながら、一方で殺生を仕組む和尚も同罪だ。

天罰ということばがある。神罰ということばもある。仏罰という語もある。天も神も仏も、心得違いをした人間たちに罰という名の仕置きをする。

苦い笑いが込み上げてきた。

(何が善で何が悪かは、しょせん、人それぞれが、置かれた立場で決めることなのだ。あらかじめ定められた尺度では計りかねるもの)

右近はおのれなりの解答を得た、とおもった。

「信じるまま、迷わず、行く」

口に出して、つぶやいていた。

再び、眼を閉じる。

木々と触れ合って、吹く風が発することばを聞こうと、こころの耳をすませた。

翌払暁《ふつぎょう》、浄閑寺の門を激しく叩く者がいた。寝ぼけ眼《まなこ》をこすりながら出てきた玄妙が門を開けるとそこにはお蓮が立っていた。

「月ヶ瀬の旦那に取り次いでおくれ。お千代さんのおっ母さんが、死んじまったんだよ」

急ぎ着替えた右近は玄妙に、

「吉原に走り伊蔵に、小石川養生所に仏を運ぶ荷車を用意して大至急きてくれ、とつたえてくれ」

と頼み、出がけに慈雲の部屋へまわった。

「昨日頼んだ弔い、今日のこととなり申した。よろしくお願い仕《つかまつ》る」

と言い置いた。慈雲は眠そうな声で、

「わかった」

とだけ応えた。

お蓮とともに小石川養生所に駆けつけた右近が見たものは、顔に白布をかけられて夜具に横たわるお登勢の骸にすがりつき、嗚咽《おえつ》しているお千代の姿だった。

右近は声をかけなかった。音を立てぬように座敷の一隅に坐った。お蓮もそばに坐る。

一刻ほどして、伊蔵が数人の亡八者とともにやってきた。

「荷車は用意してきておりやす」

伊蔵が右近に耳打ちした。

「仏を運び出していいか、養生所の先生と相談してきてくれ」

伊蔵が無言で首肯した。


お千代と右近、伊蔵、お蓮、お登勢の死体を荷車で運んできた数人の亡八者たちだけが立ち合った葬儀だった。豊村新左衛門の弔いのときと同様、土饅頭の上に墨跡《ぼくせき》黒々と戒名が書かれた楕円形の石が置かれていた。慈雲が経文を唱えている。お千代は泣き腫《は》らした目はしていたものの、けなげに涙ひとつ見せなかった。

葬儀を終えた後、右近は伊蔵たちと一緒にお千代を連れて吉原へ向かった。三浦屋へ送りとどけ、四郎兵衛会所へ出向く。

向かう途中、お蓮が小石川養生所で聞き込んだことだが、と前置きしていった。

「お登勢さんがお医者さんや助手たちに話していたことが養生所のなかで噂になっていましてね」

「どういうことだ」

「今まで隠してきたけど、実はお千代さんは大身のお侍の隠し子だっていうんですよ」

「大身の御落胤《ごらくいん》だと……」

たとえそれが事実であったとしても、お登勢の死んだいま、確かめようがないことだ。

「もし大名か大身旗本の落とし胤《だね》だったら、大変なことになっちまう」

「どういうことだ」

「吉原の亡八どもがよく調べもせずに高貴な生まれの女に春をひさがせた、とお咎《とが》めがあるんじゃないかと」

ありえない話ではなかった。少なくとも三浦屋四郎右衛門に、管理不行き届きのかどあり、と御上《おかみ》の厳しい処断が下る恐れは十分にあった。

「その話、伊蔵だけにつたえることだ。三浦屋殿と相談して隠密裡に事を処置するはず」

「そうします」

お蓮が、いつになくかたい顔つきで首肯した。

四郎兵衛会所の奥の間には赤鬼の金造や伊東行蔵らを張り込んでいる左次郎ら四人をのぞいて、殺しの探索に関わっている者たちが居流れていた。

お蓮とともに入ってきた右近が上座につくのを待ちかねて伊蔵が口を開いた。

「また妙ちきりんな侍たちが現われましたそうで」

「妙ちきりんな侍？」

「利助《りすけ》、聞き込んできたことを話しな」

「へえ。かれこれ一ヶ月ほど前、お国訛《なま》りのある侍たちが浅草界隈《かいわい》の裏長屋に出向いては『母子ふたり暮らしの、唇の左下に黒子のある十七の娘はいないか』と聞きまわっていたというんで」

「畷川藩の武士ではないのか」

「そこのところはわかりやせん。はっきりしているのは、お国訛りがあったということでして」

右近は黙った。どこのお国訛りか裏長屋に住む者たちに判別がつくとはおもえなかった。畷川藩の者以外に別派の侍たちが動きまわっていると考えるべきだ。

「裏長屋住まい。母子ふたり暮らし。唇の左下に黒子のある十七の娘……」

右近は、母の墓標にぬかずくお千代の姿をおもい浮かべた。お千代は、この条件にぴたりと符合していた。お千代は襲われている。襲った相手は伊東行蔵。その背後に赤鬼の金造がいるのはあきらかだった。

「赤鬼の金造一家の子分たちは、侍たちと同じことを聞きまわってはいないのか」

「あっしが聞き込んだかぎりじゃ、それはない話で」

利助のことばを伊蔵が引きついだ。

「赤鬼の金造一家は吉原で買いつける女たちのことを、女衒仲間から聞き込んでいるんじゃねえかとおもいやす。岡場所を仕切っている奴らだ。女衒とのつながりは、あっしら吉原者とおなじようなもんで」

そこでことばをきった。一息置いて、つづけた。

「人買いが稼業だ。どこに身を売りそうな女がいるか、女衒たちは網の目を張りめぐらしておりやすからね」

一隅に坐っていたお蓮が口をはさんだ。

「そういや、あたしが買われたときもそうだった。借金の取り立てに来た金貸しに女衒が品定めについてきていましたよ」

伊蔵が、いった。

「金貸し。博奕《ばくち》の胴元。町医者。江戸御府内《ごふない》で、女衒に身売りしそうな女の話を持ち込むのはそんな奴らでして」

「女の値踏みをして、女衒が吉原や岡場所へ売りにくる。そういうことか」

「上玉は吉原、器量が一段落ちるなら内藤新宿《ないとうしんじゅく》や品川《しながわ》あたりの飯盛《めしもり》女郎ていど、といった具合にあらかじめ胸算用して話を持ち込んできやす」

赤鬼の金造が女衒たちから噂を仕入れているとすると、子分たちに派手な動きがないのは当然のことだとおもえた。ずっと気にはなっていたが、

——裏長屋住まい
——母子ふたり暮らし
——唇の左下に黒子のある十七の娘
この三つのことがさらに重要な意味をもって右近に大きくのしかかっていた。

「黒子のある娘たちの探索ははかばかしくない有様で」

伊蔵が面目なさげに復申した。

畷川藩江戸屋敷の藩士たちはなぜ十七の娘を探しているのか。お国訛りの武士の集団は

いったい何者なのか。謎は深まるばかりであった。

顔を上げて、いった。

「畷川藩に動きはないか」

「文吉《ぶんきち》、様子はどうでえ」

伊蔵が問いかけた。

「相変わらず裏長屋を聞きまわってまさあ。六人が一組になり、二組交代でつとめているといった案配《あんばい》で」

「六人？」

どこかで聞いた人数だとおもった。伊蔵のことばが耳に甦《よみがえ》った。

「六人だ。六人が刀を抜いて取り囲んでますぜ」

即座に、打ち消した。部屋住みの旗本らしき侍と斬り合った武士たちが畷川藩の藩士とは、とてもおもえなかった。聞込みを命じられた、お勤め大事の武士たちが喧嘩など諍《いさか》い事を起こすはずがなかった。

「めざす相手がみつかった様子はないのだな」

「相変わらず聞込みにまわってますんで、まだ見つけだしてはいないんじゃねえかとおもいやす」

「これまでどおり張り込みをつづけてくれ。それと、伊蔵」

「何か」

「お国訛りの武士たちが気になる。どういう動きをしていたか。人相風体など調べあげてくれ」

「人手が足りなくなりやしたね。総名主にいってあと十人ほど増やしてもらいやしょう。そいつらにやらせます」

「すぐにも手配してくれ」

残る疑問は女衒の首を斬った下手人が何者かということだった。迅速な太刀捌きで躊躇なく斬ったと推断しうる切り口。剣を振るった主が伊東行蔵でないことだけはたしかだった。

伊蔵に目を向けた。

「伊東行蔵以外の、赤鬼の金造の用心棒たちの当たりはついたか」

「めぼしいのが五人ほどおりやす。いずれも町道場の主で」

「明日、つきあってくれ」

「何をなさるんで」

「道場破りだ。乗り込んで太刀筋を見極めてやる」

不敵な笑みを浮かべた。

紙《かみ》　花《ばな》

一

亡八者たちとの会合を終えた伊蔵は、帰り際にお蓮から、

「お千代はさる大身の武士の御落胤《ごらくいん》」

という、小石川養生所で流布《るふ》されている噂話を聞かされた。

しばし黙り込んだ伊蔵は、顔をあげて、いった。

「月ヶ瀬の旦那、総名主のところまでご足労願えませんか」

「おれが」

「総名主はおそらく、月ヶ瀬の旦那に相談される。そうおもいやすんで」

「よかろう。お蓮も連れていくべきではないか。噂をじかに耳にした者から話させたほうがいいだろう」

「お蓮、聞いてのとおりだ」

「あいよ。養生所の医者たちがどうおもっているかまで、聞き込んであるんだ。知ってるかぎりのことは話すよ」

うなずいた伊蔵が目線を向け、

「行きやすか」

といった。右近が歩きだす。伊蔵とお蓮があとにつづいた。


「火種となったお登勢が死んじまった以上、噂の真偽を見極めるにはとことん調べあげるしか手はあるまい。厄介《やっかい》なことになったな」

お蓮の話を聞き終えた三浦屋四郎右衛門は腕を組んだ。

風聞が流れている場所が悪かった。小石川養生所は小石川御菜園の一画に所在していた。小石川御菜園は幕府の薬草栽培のための農園である。養生所には御菜園方の役人たちも気軽に出入りしていた。医者や助手たちから、

「吉原遊郭に身を沈めたお千代という娘は、さる大身の武士の落とし胤《だね》だと先日病死した母がいっていた。母の名はお登勢」

との噂話が役人たちの耳に入らないとはかぎらなかった。

勢威に翳《かげ》りがみえているとはいえ、江戸幕府は武士の政権である。

「大身の侍の落とし胤が吉原で躰を売る」

となれば、武家の権威にも障《さわ》る大事とおもえた。

問題は噂を信じ、好奇心をふくらませて、

「お千代は大身の落とし胤だという。父御は何者?」

とひそかに探索を始める武士が出てくる恐れがある、ということだった。旗本の次男坊、三男坊には部屋住みとして一生飼い殺しの暮らしをつづけざるを得ない者たちが多数いた。

父が何者かを突きとめ、たとえ凌辱してもお千代を妻にすれば家来に取り立てられるかもしれない。武士という身分にこだわるものたちにとって、お千代は恰好《かっこう》の出世の具といえた。

大身の落胤であることが判明した場合、すでに買った躰とはいえ、武家の権威をもって引き渡しを迫られれば、お千代は引き渡さざるを得ないのが吉原の立場であった。

「御上との軋轢《あつれき》は避ける」

それが吉原遊郭を支配する亡八たちの、ゆるがせにできない掟のひとつであった。

「しばらくの間、お千代にはわしの身のまわりの世話でもさせるか」

三浦屋四郎右衛門が独り言《ひとごと》ちた。右近たちはことばを発しない。つづくことばを待っていた。

腕組みを解いて、いった。

「月ヶ瀬さま、もうひとつ頼まれ事を引き受けていただけませぬか」

「お千代の身の上の探索か」

「お千代が大身のお侍の落とし胤かどうかはっきりしないことには、遊芸事を仕込むわけにはいきませぬ」

「花魁《おいらん》修業をはじめたは春をひさがせる狙いあるゆえのこと、と公儀につけこまれる恐れがあるというわけだな」

「さようで。お引き受けいただけますか」

「お千代が落とし胤と判明したときは、損をすることになるな」

「仕方ありますまい。お千代は末は太夫にもなりうる上玉。後々の商いの儲けを胸算用すれば歯軋《はぎし》りしたくなるほどの大損でございまする」

ことばとは裏腹に、顔には笑みがあった。

「引き受けよう。お千代にとっては父御がだれかわかるが何かと幸せ。しかし、三浦屋殿にとってみれば……」

「損は、商いにはつきものでございます。曖昧《あいまい》にしたまま様子見もなりますまい。決着をつける。前にすすむためには、それしか手立はありませぬ」

「決着がつかぬときもある。そのときはどうなさる」

「お千代に客はとらせませぬ。ただ事の決着がつくまで三浦屋で下女として働かせるつもりでございまする。三浦屋は人を買って売る商人でございます。買った躰はよほどのことがないかぎり手離しませせぬ」

聞き入る右近の耳に甦った一言があった。

「お千代、おまえは苦界に身を沈めてはいけない。わたしが必ず救い出してみせる」

お登勢が熱に浮かされたように何度も繰り返したことばだった。

（あのとき、たしかに『わたしが必ず救い出してみせる』といった。お千代さんが落とし胤だという噂は、お登勢さんが死に物狂いで考えた作り話ではないのか）

右近は一座に視線を流した。三浦屋四郎右衛門はもちろん、伊蔵もお蓮も困惑のさなかにいた。

（噂の真偽の見極めがつかぬかぎりお千代さんが遊女に身を落とすことはないのだ。三浦屋殿にはすまぬがこの探索、有耶無耶《うやむや》なまま終わらせるべきかもしれぬ）

ふっと湧いたおもいであった。

「年季があければお千代は自由の身になります。どこでどう暮らそうと勝手。年季などわたしの腹づもりでどうにでもなること。御上のお咎めを気にしながら商いするより、そのほうがずんと気楽かもしれませぬな」

右近のこころを見透かしたかのような三浦屋四郎右衛門の呟きだった。

右近は黙って、見つめた。三浦屋も見返す。その目には微かな笑みが浮いていた。視線をお蓮にうつして、いった。

「小石川養生所へ顔を出し、お千代のことでなんらかの動きがあるかどうか探ってくれ」

「怪しまれないように、うまく立ち回ります」

「伊蔵。人手は必要なだけ使っていいぞ。急ぎのときは、事後に報告してくれればいい」

「わかりやした」

右近は無言で、やりとりを聞いている。


右近は後悔しはじめていた。朝から、伊蔵とともに赤鬼の金造の用心棒たちの道場を片っ端から荒らしてきて、これで四軒目であった。

いままでまわった三軒の町道場の主を、右近は一撃のもとに倒していた。いずれも伊東行蔵の業前には、はるかに及ばない者たちばかりであった。道場破りにつきものの看板には、

「あくまでも腕試しで門を叩いた者。持ち帰っても不用の品、欲しいともおもわぬ」

と手も触れなかった。

対峙《たいじ》している、谷中《やなか》に一刀流の道場を開く影山権三郎《かげやまごんざぶろう》は、伊東行蔵と立ち合えば三本に一本ほどとれるていどの腕前であった。木刀で打ち合いながら技を探った右近は、影山の得意は突きだと看破していた。それも一に突き、二に突き、三に突きといった、猪突猛進を貫く、強引極まる剣法であった。

(この太刀筋では、あの首切りはできぬ)

身をかわしながら、そう判じていた。これ以上勝負に時間《とき》をかける気はなかった。

右近は突いてきた影山の木刀をはね上げ、胸元に突きを入れた。

呻いた影山が目を剥いて、卒倒した。口から泡を噴いていた。

「先生」

「影山さん」

居並んでいた男たちが駈け寄った。

「手加減した。命に別状はない」

右近が木刀を足下に置こうとしたとき、

「おのれ、このまま帰さぬ」

弟子のひとりが真剣を抜きはなって、迫った。

「月ヶ瀬の旦那」

伊蔵が傍らに置いてあった大刀を手にとった。渡そうとするのを、

「無用」

と制した右近は、

「木刀で十分」

と弟子を見やった。片頰に皮肉な笑みが浮いている。

「おのれ」

血相変えた一太刀をかわしざま、右近は突きを喉もとに入れた。

鈍い音がした。木刀の先端が深々と弟子の首に食い込んでいた。引き抜く。木刀の後を追って血汐が噴きだした。そのまま前のめりに倒れる。

「突きは影山殿の得意の技と看た。突きの一技にて相手仕《つかまつ》る」

右近は正眼に構えた。

「猪口才《ちょこざい》な。斬る」

残る四人が刀を抜きはなった。

「おれも、容赦はせぬ」

斬ってかかった別の弟子の刀を叩き落とし、腹に突きを入れた。脇腹に木刀が突き立っていた。木刀の動きにつれて崩れ落ちるように転倒した。小刻みに痙攣し、血反吐《へど》を噴きあげた。

「これ以上の殺生は好まぬ。赤鬼の金造とのつながり、いかほどのものか、詳しく聞きたい」

木刀を正眼に据えなおして、前に一歩すすんだ。

三人が後退《あとじさ》った。

右近がさらに迫った。男たちが後退る。迫り、後退るが何度か繰り返された。ついには道場の羽目板まで追いつめられたとき、男のひとりが声をあげた。

「待て。赤鬼の金造とのかかわり、すべて話せば、命は助けてくれるか」

「これ以上の殺生は好まぬ、といったはずだ」

「話す。洗いざらい、話す」

傍らの弟子がわめいた。

「赤鬼の金造とのことは道場の恥部だ。表沙汰にしてはならぬ、と先生から固く口止めされている。背《そむ》くのか」

「おれは客分だ。弟子ではない。命が惜しくなければこ奴と戦うがよい」

口惜しげに呻いて、傍らの弟子が口を噤《つぐ》んだ。

「まずは刀を捨ててもらおう」

右近のことばに客分が刀を鞘におさめて足下に置いた。他のふたりも膝を折って刀を床板に置いたかにみえた。が、無鉄砲にも、口を噤んだ弟子が逆袈裟に斬りかかっていた。

右近は斜め後方に跳んで、弟子の脳天を打ち据えていた。頭蓋骨の砕ける、重苦しい音が鳴り響いた。短く呻き、脳漿《のうしよう》を撒《ま》き散らして倒れた。

「殺生することに、躊躇《ためら》いはない。逆らえば、死ぬことになる」

右近はふたりにゆっくりと歩み寄った。

「赤鬼の金造から依頼されて果たした裏の仕事、包み隠さず話してもらおう」

客分の鼻先に木刀を突きつけた。

「赤鬼の金造から頼まれたのは人斬りだ。四人ほど殺した。殺し料は……」

客分は甲高い声で話しつづけた。あきらかに恐怖に追い立てられていた。右近は眉ひとつ動かすことなく、聞き入っている。

二

薄墨《うすずみ》を掃《は》いた空を塒《ねぐら》に急ぐ鳥たちが飛び去っていく。暮六つ（午後六時）の時鐘を聞いてから半刻（一時間）近く過ぎ去っていた。

右近は千駄木《せんだぎ》の陰流《かげりゅう》の道場へ出向き、主を一刀のもとに倒して引きあげる道筋であった。

（無駄足だった）

とのおもいが強い。伊蔵も黙々と歩みをすすめている。天王寺を抜けて音無《おとなし》川沿いに浄閑寺へ向かっていた。

「女衒の首を切り落とした奴、どこのどいつでござんしょうかね」

どうやら伊蔵にも、今日まわった五人の町道場主には首を鮮やかに切り落とすほどの腕前の者はいない、とわかったらしい。

「おれにも、わからぬ」

他にだれか凄腕の剣客がいるとおもわざるをえない。それが誰なのか、右近には見当がつかなかった。

赤鬼の金造とつきあいのある部屋住み旗本らしき侍のことが頭に浮かんだ。が、女衒を殺さねばならぬわけがみつからなかった。伊東行蔵らには習い覚えた剣術を生業《なりわい》の手立として使うという、明確な理由づけがあった。不意に浮かんだことがあった。

（女衒の首を斬ったのは畷川《なわてがわ》藩の藩士ではないのか）

右近は推理を押し進めた。女衒と一緒に唇の左下に黒子《ほくろ》がある娘も殺されていた。畷川藩の藩士は、

――母子ふたり暮らしの、唇の左下に黒子がある十七の娘を探し求めて、江戸の裏長屋を歩きまわっていたのではなかったか。

なんのために探しているのか。右近は思案を深めた。ひとつの可能性に気づいたとき、愕然となった。

（命を奪うために探しているということもありうるのだ）

赤鬼の金造の依頼を受けたとおもわれる伊東行蔵は、お千代を殺そうとした。黒子のある娘を殺すことが畷川藩の目的だとしたら、どこかで畷川藩と赤鬼の金造がつながっている可能性もある。確としたことは何もつかめていなかった。細かく切れた糸でも、いまは、無理矢理にでも結わえつけ、つないでみて、つながるかどうかを確かめるべきだとおもった。

「畷川藩のこと、気にかかる。張込むだけではなく、与太《よた》話でもよい。あらゆる噂話を聞き込むべきではないか」

「手配いたしやす。各藩の江戸留守居役が集まって風聞のやりとりをする、料理茶屋などを当たらせてみやしょう」

右近はおのれの迂闊《うかつ》を恥じていた。隠し売女狩りから始まった、吉原の息のかかった女衒や買いつけた女たちの相次ぐ殺戮に、気を取られすぎていたのかもしれない。

伊蔵もまた、捕獲された隠し売女を差配していた赤鬼の金造が、報復のために為している悪さだと信じて疑わなかった。

赤鬼の金造一家に動きがない、ということは、報復する以上に儲かる話にありついたと考えるべきだったのだ。

(儲け話の種はどこにあるのか)

いまの右近には、その種は、畷川藩にあるとしかおもえなかった。

「伊蔵」

「何か」

「数日間、畷川藩の藩邸を張り込んでみてくれぬか。いままで張り込んでいた者たちが見落としていることがあるやもしれぬ」

「わかりやした。明日からさっそく出張《でば》りやす」

それから浄閑寺へ着くまでの間、ことばが発せられることはなかった。多すぎる謎が、ふたりを寡黙《かもく》にしていた。


浄閑寺には亡八者がふたりの帰りを待ち受けていた。栄吉《えいきち》という名で、三浦屋四郎右衛門が便利づかいしている男であった。

壁に背をもたせかけ、所在なげに庫裏《くり》の濡れ縁に坐っていた栄吉は、右近たちの姿を見いだすと駈け寄ってきた。

「総名主から緊急の呼び出しでもあったのか」

伊蔵が問いかけた。

「総名主のところに月番の北町奉行所から知らせがありやして」

「奉行所から？」

伊蔵が右近を見やった。

「どこぞで、女衒の死体でも見つかったか」

右近が、栄吉に聞いた。

「図星で。木母寺《もくぼじ》は梅若《うめわか》塚近くの隅田川の岸辺に、男の首なし死体と娘たちふたりの死骸が打ち上げられたそうで。何でも男の腰に結わえ付けてあった胴巻きに、吉原出入りの女衒鑑札が入っていたんで身元が割れ、吉原へ知らせがあったという次第でございやす」

「総名主は見分に走ってくれ、と仰ったのだな。奉行所からの知らせはいつごろきたんだ」

伊蔵が問うた。

「かれこれ一刻（二時間）ほど前のことで」

「仏はどこに置いてある」

「吾妻橋《あずま》そばの自身番に安置してあると聞いておりやす」

「月ヶ瀬の旦那」

向けた伊蔵の目に焦りがあった。

「とりあえず骸《むくろ》をあらために出向こう。首なし死体ということになると切り口が気にかかる」

「総名主につたえてくれ。死体の見分をすませたあと、知らせにまいりやすと」

「わかりやした」

栄吉は裾をからげて、走り出した。身軽な動きだった。見送って、伊蔵がいった。

「栄吉は、ほんの数年前まで腕利きの巾着《きんちゃく》切りだった野郎で。総名主の巾着を盗み損なって、命がなくなるところを見逃してもらったのを恩に着て、三浦屋に居ついているんでございやす」

「役に立つなら使ってくれと、三浦屋殿が寄越されたのかもしれぬな」

「あっしもそうおもいやす。でかけやしょうか」

気が急《せ》くのか、伊蔵は先に立って歩きだした。右近も歩みをすすめる。あたりにはすでに夜の闇がたちこめていた。


吾妻橋そばの自身番には寝ずの番の白髪頭《しらが》の番人がひとりいた。右近たちの顔をみるなり、

「吉原から来られた方か」

と問いかけてきた。

「吉原の四郎兵衛で伊蔵ともうしやす。このたびはご厄介をかけやして」

挨拶するのを途中で断ち切り、番人がいった。

「死体はいつ運び出してくれるのだ」

「明朝にでも」

「なんじゃ死体を引き取りに来たんじゃないのか」

不満そうに鼻を鳴らした。

「人手不足でな。この老爺《ろうや》がひとりで当番だ。死体、それも三人もの骸と一晩夜明かしするのはどうにも気色が悪くてな。ま、仕方ないか」

「死体あらためにまいりやしたんで。申し訳ありやせん」

「勝手にやるがいい。終わったら声をかけてくれ。わしは奥の板の間で休んでいるでな」

式台から座敷へ上った。

死体はじかに砂利場に寝かされていた。無造作に筵《むしろ》がかけてある。死体の傍らに膝を折り、右近は筵をめくった。首のない男の死体と、首を絞められた痕《あと》のある一糸まとわぬ娘ふたりの骸がそこにあった。首の切り口を仔細にあらためる。躊躇のない、一気に剣を振るったとしかおもえぬ切断面であった。顔をあげて、伊蔵にいった。

「同じ剣客の切り口と看《み》た」

「女のひとりには、唇の左下に黒子がありやすぜ」

なにもかも前と同じ様相だった。

「此度《こたび》も女衒がからんでいる。女衒がらみとなると、少なくとも情報元として赤鬼の金造がからんでいる、と看るべきではないのか」

「たしかに……」

「赤鬼の金造と畷川藩につながりがあるか否か、とことん調べあげねばなるまいな」

どうやって探索をすすめるか、咄嗟《とっさ》にはよい手立がおもい浮かばなかった。

（ひとつひとつ、おもいついたことを潰《つぶ》していくしかあるまい。時間《とき》はかかるがいまはそれしかない）

右近は腹をくくった。

「月ヶ瀬の旦那はこのまま浄閑寺へ帰って休んでおくんなさい。五軒も道場破りをなさったんだ。お疲れのはず」

「これ以上、死人を出すわけにはいかぬ」

伊蔵のこころづかいを固辞して、右近は三浦屋へ向かった。手がかりは、皆無といってよかった。左次郎たちが聞込みからもどっているはずである。三浦屋四郎右衛門と会ったあと、四郎兵衛会所へまわるつもりでいた。

三浦屋四郎右衛門は伊蔵の話に黙然《もくぜん》と聞き入っていた。話が終わったあと、右近にいった。

「首の切り口は前と同じ。そうですね」

「まず間違いあるまい。太刀筋が人並み外れて速くないと、あのように滑らかには切れぬものだ。よほどの修練を積んだ者とみゆる」

「それほどの剣客を、赤鬼の金造が抱えているとはおもえませんな。町場の道場主は剣術を金に換えることとばかり考えている。ろくに修行も積んでいない剣術好きの大店《おおだな》の主人に、大枚の寄付金と引き替えに本道場名誉皆伝《かいでん》などとわけのわからぬ免許皆伝を与えるなど、日常茶飯事《さはんじ》でございますからな」

内所の奥の座敷で三人は話し合っていた。三味線の音が響き、遊女たちの嬌声《きょうせい》が聞こえてくる。男衆の客を迎える声が弾んでいた。

内所との境の襖の向こうから栄吉の声がかかった。

「伊蔵さんをたずねて左次郎さんがおいでで。いかがいたしやしょうか」

「会所で待たずにあっしを探してここへ来たということは、急ぎの用に違いありやせん。話を聞いてきやす」

立ち上がろうとする伊蔵を片手をあげて制して、三浦屋がいった。

「ここへ通しておくれ」

ほどなくして襖が開けられた。栄吉が軽く頭を下げ、背後を振り向いた。左次郎が顔をのぞかせ、挨拶した。

「入らせていただきやす」

盗人《ぬすっと》あがりらしい忍び足で座敷に躰を滑り込ませた。身軽な仕草だった。

「栄吉もお入り。伊蔵の下でしばらく働いてもらうよ」

「へい」

意外な成り行きに、栄吉が伊蔵に視線を走らせた。伊蔵が目線で応える。

栄吉が座敷に入り、襖を閉めたのを見とどけて左次郎が口を開いた。

「赤鬼の金造が動きやした」

「誰かと会ったのだな。もしや、部屋住みの旗本風の侍と一緒ではなかったのか」

右近のなかで渦巻きつづけ、解けないまま無為に時を過ごしてしまった謎があった。女衒の首を斬ったのは誰か？　五軒もの道場破りを為したのも、殺戮者の正体を探らんためであった。右近のなかで次第に形作られていく剣客の姿があった。右近は、左次郎を凝視した。

「よくおわかりで。子分を五人ほど引き連れて竪《たて》川沿いは相生町《あいおいちょう》の船宿に入った金造は、河岸口から出て船宿仕立ての屋根船に乗り込みやした。待ち合わせていたのか、頭巾《ずきん》をかぶった、みるからに大身のお武家と、ときどき金造のところでみかけるお侍、金造の三人が船床に入ると船頭は舫綱《もやいづな》を解いて隅田川のほうへ漕ぎ出しやした」

右近は部屋住みの旗本らしき侍が女衒の首を斬った剣客だと推断した。

「頭巾をかぶったお武家が何者かわかったのか」

「もどってきたら後を尾《つ》けさせようと、ひとり張り込ませてありやす」

「……金造の子分たちは船宿に残っている。そういうことだな」

「なかで振舞酒にありついてるんじゃねえかと」

右近が、うむ、と呻いた。顔を向けて、いった。

「伊蔵、出かけるぞ」

「まさか……」

「長い間張込みをつづけている。金造は張込みにも尾行にも気づいているはずだ。杞憂《きゆう》ですめば幸いだがな」

立ち上がった右近は腰に大刀を差した。伊蔵たちが裾をはらって席を立った。


隅田川に架かる両国橋《りようごく》を渡って右へゆくと竪川に突き当たる。左次郎の道案内で右近たちは河岸道を左へ折れた。

しばらく行くと御用提灯《ちようちん》をかざして男がひとり立っている。近くにこんもりと盛り上がった、黒い塊《かたまり》が転がっていた。

見咎めて伊蔵がいった。

「月ヶ瀬の旦那」

「どうやら悪い目が出たようだな」

左次郎が駆けだした。右近と伊蔵、栄吉がつづいた。

塊に駆け寄った左次郎が棒立ちとなった。

「こいつはひでえや」

なますのように切り刻まれた男の死体が転がっていた。番人が御用提灯を近づけ、聞いてきた。

「知り合いかい。物陰から見てた奴の話じゃ、この仏、ならず者たちによってたかって嬲《なぶ》り殺しにされたようだぜ」

左次郎が無言でうなずいた。歩み寄った右近たちが死体を見つめた。

「女衒の富蔵の死に様と同じだ。そうはおもわぬか」

右近のことばに伊蔵がうなずいた。

「最初の殺しは、赤鬼の金造一家が隠し売女狩りの報復として為したことに相違あるまい。あとの殺しは、首切りを為した者は、部屋住みの旗本らしき侍かもしれぬ」

「しかし、なんのために」

「わからぬ。赤鬼の金造一家が動きを止めたのは、二度目の殺しがあったころからだ」

「たしかに」

「伊蔵、実はおれはあの侍が赤鬼一家の子分たちと喧嘩をし、止めに入った金造と連れだって手打ちの場へ去っていったのを見ているんだ。隠し売女の群れにおまえが付き添っていたあの日にな」

「近づきになった侍と金造の間で、何か儲け話がかわされた。そういうことですかい」

「金造が報復のために集めていた、吉原の女の買付けにかかわる話が大儲けにつながったとしたら」

「損得にさとい野郎のことだ。牛を馬に乗り換えるなんてこたあ、朝飯前のことでしょうからね」

右近はうなずき、黙した。

「裏長屋に住む母子ふたり暮らしの、唇の左下に黒子のある十七の娘」

右近は、このことが金造と侍をとりもった銭儲けの種話だと推断した。

「伊蔵、あの侍と同じ年頃の直参《じきさん》旗本で、剣の達人と噂されている者たちの名を調べあげてくれぬか」

「畷川藩の探索はどうしやしょう」

「旗本たちの調べが先だ」

「名がわかったら片っ端から顔あらためをする。そういうことですね」

「あの侍の顔を見知っている亡八者たちは何人いる」

「赤鬼の金造を張り込んでいた連中のうち、四、五人は出くわしているとおもいやすが」

「明朝からかかれ」

「今夜からはじめやしょう。面番所に詰める奉行所の同心に聞込みをかければ、だいたいのところはわかるはずで」

左次郎を振り向いて、いった。

「番人さんと相談して、引き取ってよし、となったら骸は浄閑寺へ投げ込んでくれ。栄吉、居残って手を貸すんだ。総名主にはおれから事の仔細をしらせる」

左次郎と栄吉が、小さく首肯した。

無言で右近が歩きだした。少し遅れて伊蔵が追った。

三

翌朝早く、門が開くのを待っていたかのように、伊蔵が浄閑寺に姿を現わした。境内を横切って庫裏へ向かう。右近の寝起きする部屋の前に立った。空を見上げる。朝日が茜《あかね》に染めあげていた空が青みがかって、あかるさを増していた。なかをうかがって首を傾げた。声をかけていいかどうか、ためらっているのはあきらかだった。

「伊蔵か」

座敷から右近の声がかかった。

「朝っぱらから申し訳ありやせん」

救われたような顔つきで伊蔵がいった。右近が、姿を現わした。

なかから腰高障子が開けられた。右近が、姿を現わした。昨夜、身につけていたのと同じ黒の小袖姿だった。

「月ヶ瀬の旦那、まさか仮眠をとられただけじゃ……」

伊蔵が、いった。右近が、かすかに笑みを浮かべていった。

「眼が赤い。腫《は》れてもいる。一睡もしていないのであろうが」

「亡八者がひとり、嬲り殺しにあった。門前に死骸がなかったところをみると、玄妙さんたちが運んで、井戸端あたりできれいに洗ってくれてるんじゃねえかと……無宿者同然のおれたちだ。たとえ無縁仏として葬られても、弔《とむら》いを出してもらえるだけでも幸せだと、そうおもっちゃいるんですが、口惜しくてね。一日もはやく敵《かたき》討ちをしてやりてえ。眠いなんて、いってられませんや」

伊蔵にしてはめずらしく、悲憤に高ぶるこころを吐露《とろ》したことばだった。

しばしの沈黙があった。

「同心からの聞込み、うまく運んだようだな」

右近の問いかけに伊蔵が眼を細めた。疲れで瞼《まぶた》の下に隈《くま》ができていた。そのやつれがかえって顔に凄みをくわえていた。

「年の頃は二十代後半。腕の立つ旗本の名を知りたい、と小銭をつかませて聞いたところ、免許皆伝の者が三人ほどいるということで」

「流派と名は」

「柳生新陰流・堀田甲次郎《ほったこうじろう》、旗本七千石、大目付・堀田上総守《かずさのかみ》の次男坊で。一刀流がふたり。旗本千三百石・菊池泰之進《きくちやすのしん》、旗本五百石・佐々木直太郎《ささきなおたろう》。いずれも家督を相続した、小普請組組付《くみつき》の方々でございやす」

「……まずは堀田甲次郎の顔あらためといくか。屋敷は」

「神田駿河台《するがだい》下。大身のお旗本の屋敷が建ちならぶあたりで」

右近は無言でうなずいた。

編笠をかぶった右近と伊蔵は、堀田上総守の屋敷の表門を見張れる塀蔭にいた。裏門は左次郎と利助が張り込んでいる。このあたりは武家屋敷だけで町家《まちや》が一軒もなく、張込みには適さぬ一画といえた。

右近と伊蔵は、暇を持て余した浪人と遊び人が、日向《ひなた》ぼっこをしながら四方山《よもやま》話を楽しんでいるといった風情を装って、塀脇に座り込んでいた。

まもなく昼九つ（午後零時）にさしかかろうというころ、表門の潜り木戸から出てきた武士がいた。

「見ろ」

右近が編笠の端に手をかけ、持ち上げた。視線の先に、赤鬼一家に出入りしている侍の姿があった。柿渋色の小袖に大名縞《じま》の入った深川鼠の色味の袴《はかま》を身につけている。どこにでもいる旗本の次男坊といった出立であった。侍はいからせた肩を左右に振り、風を切って歩き去っていった。後ろ姿には、大身の家に生まれた者の傲岸《ごうがん》さが滲《にじ》み出ていた。

「たしかに。あとは、今出ていった侍が堀田甲次郎かどうか確かめるだけで」

「どうする」

「簡単でさ。面番所の同心に使った手を堀田屋敷の門番相手に使うだけで」

「小銭をつかませるか」

「人の口を開かせるにはそれが一番で」

にやり、と凄みのきいた笑みを浮かべた。立ち上がり、堀田屋敷へ向かって歩いていった。物見窓に身を寄せ、何やら声をかけている。物見障子が開けられた。伊蔵が握り拳を格子《こうし》の間からなかへ突き入れた。門番であろうか。障子の向こうから手が出て、伊蔵の手の下に添えられた。伊蔵が軽く頭を下げ、物見窓から離れた。

ゆっくりともどってきた伊蔵が右近のそばに腰を下ろして、いった。

「堀田甲次郎に間違いありやせん」

「大身の武士と一緒だったということで堀田甲次郎に張込み相手をしぼったが、ぴたりと的《まと》を射ていたようだな。今日のところは引きあげよう。目的は果たした。左次郎たちも引きあげさせてくれ」

「わかりやした」

伊蔵は身軽く立ち上がった。

その夜、浄閑寺の本堂に左次郎ら亡八者たちが顔を揃えていた。右近が伊蔵に命じたのだった。堀田甲次郎が何やら重要な意味を持つ人物として浮かび上がった今、新たな探索の手立を打ち合わせる必要があった。

須弥壇《しゅみだん》には天台宗の高僧・源信《げんしん》こと恵心僧都《えしんそうず》の作とつたえられる、本尊の阿弥陀如来像が鎮座していた。蠟燭《ろうそく》の炎が揺れるにつれて阿弥陀如来の面が変貌し、あるときは怒りを露《あら》わにする仁王像の凄まじい形相となり、またあるときは慈愛溢《あふ》れる慈母観音の優しげな顔立ちにみえた。

右近はその阿弥陀如来像を背に坐っている。伊蔵が脇に控えていた。左次郎たちが居並ぶ。いつものように、お蓮はひとり離れて坐っていた。

場には殺気だった、剣呑《けんのん》なものが漂っていた。

「仲間がひとり殺された。無縁仏として葬ってある。これ以上、仏は出せねえ。みんな、腹くくってくんな」

伊蔵のことばに亡八者たちの間にわめき声が上がった。

「赤鬼の金造一家を皆殺しにするんだ」

「殴り込みだ」

「このまま引っ込んでちゃ亡八者の名折れだぜ」

なかには怒りにまかせて、床を蹴立てて立ち上がる者もいた。

「鎮《しず》まれ。鎮まるんだ」

伊蔵が怒鳴った。その声に、亡八者たちが黙りこんだ。

「月ヶ瀬の旦那の指示にしたがうんだ。話を聞け」

右近に向き直って、いった。

「弔い合戦だ。指示をだしておくんなせえ」

右近が一同を見渡した。

「張り込む相手は赤鬼の金造、畷川藩、大目付・堀田上総守。調べるは堀田甲次郎の身辺あらいざらい、裏長屋で母子ふたり暮らしの唇の左下に黒子のある十七の娘を探し歩いていたお国訛《なま》りの侍の一団の正体、畷川藩の秘密。伊蔵、組分けはまかせる」

「あっしは畷川藩にあたりやす」

「そうしてくれ。それと堀田屋敷あたりは潜む場所がない一帯、張り込むには変装するなどの工夫を凝《こ》らすべきだ」

「わかりやした、この場で組分けをしやす」

「お蓮と栄吉は、つなぎの役に徹してくれ。栄吉は四郎兵衛会所に詰め、お蓮は朝夕会所に顔を出し、重大なことがあればおれや伊蔵の行く先を求めて知らせにきてくれ。余った時間は町場へ出て、畷川藩と堀田上総守、赤鬼の金造、小石川養生所のお千代にかかわる風聞を拾いあつめてくれ。面倒だが、たとえ同じなかみでもおれと伊蔵のふたりにつたえてくれ。ふたりが同じなかみを知っている。大事なことなのだ」

お蓮と栄吉が黙って、うなずいた。

「月ヶ瀬の旦那は、浄閑寺にでんと控えていておくんなさい。万が一のときに助けに走れるかたちをとっておいてもらいてえ」

「そう悠長なこともしておられまい。おれは、できうるかぎり堀田甲次郎を尾《つ》け回すつもりでいる」

「そいつは危ねえ。いつ斬り合いになるともかぎらねえ。堀田甲次郎は柳生新陰流免許皆伝の腕前だ。命のやりとりになりますぜ」

「いったはずだ。相手の太刀筋を見極めるには仕合うが一番だとな」

そこでことばを切った。伊蔵を見つめて、つづけた。

「これ以上、死人を出したくないのだ。もっとも危険な相手に、少なくともこのなかでは一番腕の立つおれが向かうのは当然のことではないか」

「旦那……」

伊蔵が顔を俯《うつむ》かせた。沈黙の間があった。顔を上げ、振り向いて、いった。

「みんな、月ヶ瀬の旦那も命をかけてくださるんだ。おれたちも、命がけでやり抜こうぜ」

左次郎たちが、緊迫を漲《みなぎ》らせて、大きく首肯した。

翌朝、右近は堀田上総守の屋敷前にいた。門前の、通りを挟んで正面にある塀に背をもたせかけ、腰を下ろしている。書物を開いていた。編笠をかぶらず、面をさらしている。

昼九つ（午後零時）近く、堀田甲次郎が出てきた。右近は書物を閉じ、立ち上がった。

堀田甲次郎はゆっくりと歩いていく。鎌倉河岸の町家の軒下で足を止めて、所在なげに周囲を見回した。尾行に気づき、さりげなく相手が何者かをたしかめようとしている所作とおもえた。右近も足を止め、周囲の景色を見渡すふりをした。逆に何者が尾行しているかを相手に覚《さと》らせるための動きであった。はたして、発せられた殺気が右近を襲った。敵意の有無《うむ》を探るべく、堀田甲次郎が送った気であることはあきらかだった。

さすがに堀田甲次郎であった。ちらりと視線を右近に走らせたかとおもうと、気づかぬ風を装って歩きだした。二度と振りかえることはなかった。尾行しているのが右近だと気づいていることははっきりしていた。仕掛けぬかぎり襲って来ることはあるまい、とみてとったか、鎌倉河岸から先の歩きぶりが変わった。隙だらけの、のんびりした足取りで外堀に沿って、歩いていく。右近も、おのれの姿を隠すことなく、悠然と尾けつづけた。奇妙な道行きといえた。

堀田甲次郎が行き着いたのは愛宕《あたご》下の柳生道場であった。右近は、道場脇にしばしたたずみ、打ち合う竹刀の音を聞いた。柳生道場もこの程度のものか、とのおもいにとらわれていた。饐《す》えたような音しか響いていなかった道場に、一時の沈黙が生じた。

再び起こった竹刀の音は乾き切った、唸る風切音まで洩れ聞こえてくる、鋭いものに一変していた。

右近は、

(堀田甲次郎が稽古《けいこ》をつけ始めたのだ)

と覚った。

(おそらくこのまま一日を終えるはず)

そう判じた右近は、柳生道場を離れるべく踵を返した。

四

伊蔵が畷川藩の張込みをはじめて二日目の昼前のことであった。

「おまえは、あのときの」

表門を望む塀脇に立つ伊蔵の背後から声がかかった。ご丁寧にも、声の主は知らぬ顔の半兵衛を決めこむつもりの伊蔵の前にまわりこんだ。

「やはり、あのときの。月ヶ瀬殿はお変わりないか」

伊蔵の目の前に満面に笑みをたたえた小塚要之助がいた。あまりに意外な出会いに伊蔵のこころが揺らぎ、緊張がわずかにゆるんだ。

「あなたさまは……」

「小塚要之助だ。あの折りは気配りに甘え、主名は名乗らなんだ。あらためて名乗る。暇川藩藩士・小塚要之助だ。上屋敷に詰めておる。あの折りの礼に出向きたい。月ヶ瀬殿のお住まいを教えてくれ」

「暇川藩の、お方だったので……」

伊蔵はしげしげと小塚要之助の顔を見つめた。

「このようなところで何をしているのだ。尋ね人か」

訝《いぶか》しげな顔つきで問いかけてきた。伊蔵にあらためて警戒するこころが甦った。咄嗟にごまかしをいった。

「実は、この近くのお旗本の屋敷で賭場が開帳されているとの噂がありやしてね。手慰みのひとつもやらかそうと足を伸ばしたんですが、どこにもそれらしきものがないんで、途方に暮れていたとこなんですよ」

「いいかげんな噂にひっかかったんだ。このあたりには賭場など開く不心得者はおるまいよ」

「ついてねえや。引きあげるとするか」

「ところで、月ヶ瀬殿の住まいだが」

頭をかいて伊蔵が応じた。

「実は、あっしも月ヶ瀬の旦那の住まいは知らないんで」

「それは困った。命を助けてもらった。礼をいわねば、気がすまぬ」

正直な質《たち》らしく、はっきりと落胆の色をみせた。

「行きつけの蕎麦《そば》屋でつなぎはとれやす。あっしでよければ、仲立ちをしやしょうか」

小塚の顔に喜色がひろがった。

「月ヶ瀬殿に都合がよい日時を二、三あげてもらえれば合わせられる。命の恩人に礼をいいにいくのに、いくつか日時をあげてほしいというのも失礼な話だが、すまじきものは宮仕えでの」

心底申し訳なさそうな顔をした。実直で、正直な性格らしい、と伊蔵はおもった。

「つなぎがつきましたらどういたしやしょう」

「すまぬがこの屋敷まで知らせに来てもらえぬか。ここ数日は上屋敷に詰めておるでな」

「承知いたしやした」

伊蔵は軽く腰をかがめた。

その夜六つ半（午後七時）ごろ、伊蔵は浄閑寺へ右近を訪ねた。右近は柳生道場から帰ってきたばかりであった。

（免許皆伝ともなれば代稽古をつとめることもあろう。代稽古するとなると数日は柳生道場に泊まり込むはず）

との右近の読みどおり、堀田甲次郎は柳生道場を動かずにいた。道場のそばに立ち、堀田甲次郎が弟子たちに稽古をつける竹刀の音を、右近は聞いた。長時間ぶっつづけで柳生道場の傍らに立ち尽くすのは不自然なことであった。折りをみて道場を離れ、近くをまわってきては、道場の脇に立った。七つ半（午後五時）を少しまわったあたりで、堀田甲次郎の竹刀の音が止んだ。稽古が終わったのを確信して、右近は帰途についたのだった。

座敷に向かい合って坐った右近に伊蔵は、畷川藩を張り込んでいるときに小塚要之助から突然声をかけられ、意想外の成り行きとなった顚末《てんまつ》を話して聞かせた。

「堀田甲次郎と斬り合っていたのは畷川藩士たちであったのか」

右近がつぶやき、黙り込んだ。伊蔵は、つづくことばを待った。

「堀田甲次郎は畷川藩の藩士と知って喧嘩を売ったのではあるまいか」

「まさか、そんなこたあ」

といいかけて、口を噤んだ。あり得ないことと否定しきれない漠とした何かが、伊蔵をとらえた。

「ないとはいえまい。堀田甲次郎の狙いが、畷川藩が隠し通そうとしている秘密にかかわりがあるとしたら」

「藩士たちの腕のほどを試してやろうと、悪戯《いたずら》半分に喧嘩を仕掛けたのかもしれやせんね」

「いままでの堀田甲次郎の動きからみて、あり得ることだとはおもわぬか。小塚殿に会って、どちらが喧嘩を売ったか聞いてみる必要があるな」

「じゃ、さっそくつなぎをとりやしょう。会う場所と時間《とき》は？」

「明日、昼前に畷川藩上屋敷へ出向こう。蕎麦屋で偶然行き合って、その足で来てみた、ということにすればいい。暇を持て余した浪人のやることだ。そのくらいの気まぐれ、へんに疑われることもあるまい」

「明朝五つ半（午前九時）ごろに、お迎えにあがりやす」

そういって伊蔵は引きあげていった。


翌朝、伊蔵は約束の時間より半刻ほど早く、浄閑寺にやってきた。

右近はすでに大刀を打ち振る日々の鍛錬を終えていた。朝餉を食し、庫裏の濡れ縁に坐して眼を閉じ、風の音に耳を澄ませている。心気を凝《こ》らし、こころの集中を高めていた。

近寄る伊蔵の足音に、しずかに眼を見開いた。

「何かあったか」

「昨夜、三浦屋に堀田上総守さまと堀田甲次郎の父子が登楼しましたんで」

「堀田甲次郎が」

柳生道場の代稽古を早々と切り上げて、三浦屋へ向かったに相違なかった。

「接待したのは遠州屋さんで」

「遠州屋富吉が……」

堀田上総守は老中配下の大目付である。諸務を監督して諸大名を監察し、不届きのかどがあれば摘発・処断するのが職務だった。燈油の株仲間を牛耳《ぎゅうじ》る大商人と、商い上のつながりがある役職とはおもえなかった。

「座敷へ呼ばれたのが高尾太夫で」

「太夫が気になることを聞き込んだのだな」

「十七の娘のこと、首尾ようすすんでおりますかな、と遠州屋さんが聞かれたそうでございます。堀田上総守さまはやんわりと、場所柄をわきまえよ、といわれたそうでございやすが声音に厳しいものがあったと、太夫が」

「堀田父子と遠州屋が、十七の娘のことを探っているとしかおもえぬ話しぶり。何やら気にかかるな」

「その一言だけのことでございますが、場の様子など詳しくお知りになりたいのであれば明日の昼間は躰をあけておきます、と太夫がいっておられやした」

「今日の小塚殿との話の中身次第では、高尾太夫をわずらわせることになるやもしれぬ。それにしても迂闊だった……」

「何か、まずいことでも」

「畷川藩についての調べ、もっと詳しくやっておくべきだった。たとえば藩の特産品は何であるか。出入りの商人はどこの誰であるか。藩に内紛があるかどうか。あれば藩を牛耳る野望をめぐらしている重臣は誰なのか」

「多少のことは、まもなくわかるはずで。諸藩の江戸留守居役が、たがいに摑み得た御上の動きにかかわる極秘扱いの風聞を、こっそり教えあうために足繁く通う下谷広小路や深川、浅草などの料理茶屋に亡八者を入り込ませておりやす。仲居などから話を聞き出す手立をめぐらしているはず」

右近は何人かの亡八者が、このところ姿を見せなくなっていることに気づいていた。三浦屋四郎右衛門の片腕、吉原随一の腕利きの四郎兵衛と評価されている伊蔵の仕事ぶりの片鱗をみせられた気がした。あらためて伊蔵を見つめた。油断のない、つねに獲物を狙っている猛禽《もうきん》をおもわせる獰猛《どうもう》な光が、狐目の奥に垣間見えた。その猛禽は右近の前では、いつも牙《きば》をおさめて、穏やかな顔をみせている。

唐突に右近の脳裡に浮かび上がったことがあった。音無川で、足抜きした遊女雪笹《ゆきざさ》と大店の手代を追いつめ、止めに入った右近に匕首《あいくち》を抜きはなって突きかかってきたときの、凄みを利《き》かせた伊蔵の姿であった。

目の前にいる伊蔵とは別人の感があった。

「不思議なものだ」

おもわずつぶやいていた。

「何が、不思議なんで」

「いや。おれと伊蔵が初めて出会ったときのことをおもいだしたのだ。猛《たけ》りたった獣のような顔つきであった」

「そんなこと、忘れてくだせえ。川原に投げ飛ばされた痛みを思いだしやしたぜ。半端《はんぱ》な痛さじゃなかった」

「それが、こうしてこころを通わしている。袖すり合うも他生《たしょう》の縁というが、人の触れ合いとは摩訶《まか》不思議なものだ」

伊蔵は無言で聞き入っている。

右近は、人目もはばからず「礼を失する」と、藩名とおのが名を名乗ろうとした小塚要之助の実直そうな顔を思い起こした。

(時と場合においては斬り合う仕儀に陥《おちい》るやもしれぬ。できれば剣を合わせたくない相手)

ふと湧き出たおもいに右近は、微かな戸惑いを覚えていた。

前触れなしに訪ねていったにもかかわらず、小塚要之助は笑みを浮かべて、右近たちを迎え入れた。

「失礼ながら暫時《ざんじ》、これにて」

とふたりを門番詰所に控えさせた。出ていった小塚はまもなくもどってきて、

「上役の許諾を得申した。むさ苦しいところでござるが拙宅においでくだされ」

と先にたって案内した。

三間に台所と土間がついた長屋が小塚の住まいであった。二十五石《こく》二人扶持《ぶち》。それが小塚の俸禄であった。六十間近の母と十五の妹の三人暮らしだという。挨拶に罷《まか》り出た老母

が、

「息子の命を助けていただき、ことばで尽くせぬほどの感謝をいたしておりまする」

と、額を畳にすりつけんばかりに深々と頭を下げた。

「丁重なるご挨拶、突然お訪ねいたし、お詫《わ》び仕《つかまつ》る」

姿勢を正して右近も挨拶を返した。伊蔵は、あわてて座り直した。柄にもなく、生真面《きまじ》目《め》な顔つきで控えている。

「妹が酒と肴《さかな》を求めに走っておりまする。まずはあり合わせの冷や酒なり一献」

小塚が貧乏徳利に盃三つを手にして入ってきた。

老母が退出し、ささやかな酒宴がはじまった。

「手当が早かったため、落命したのはひとりだけでござった。すべて月ヶ瀬殿のおかげでござる」

と頭を下げたものだった。

酒を呑みかわす間に、喧嘩で傷を負った藩士のうち動ける者ふたりが挨拶に来た。白布で腕を吊っていたり、頭と肩に包帯を巻いていたり、いずれも快癒にはほど遠い様子であった。

「貧しい暮らしで何もできませせぬが……」

と申し訳なさそうに小塚がいったとおり、小魚の干物に漬け物といった、とても豪勢とはいえない肴だったが、酒だけはふんだんに用意してあった。右近はゆっくりと盃を傾けている。伊蔵もちびりちびりとやっていた。一刻ほど過ぎてうち解け始めたころ、右近が四方山話のつづきのような口調で問うた。

「肩が触れた触れないが喧嘩のもととあの侍がいっていたが、どちらが先にぶつかったのかな」

「それが、よくわからぬのです」

「わからぬ？」

「道半分ふさいで横ならびに歩いていた我々も悪かったのだが、あ奴は道の真ん中をまっすぐ歩いてきて」

「そのまま、ぶつかった」

「無礼であろう。謝れ、と居丈高《いたけだか》に言いはなった。ぶつかった者が、すまぬ、と詫びたが、詫び方が気に入らぬ、という。押し問答しているうちに奴が刀の柄に手をかけた」

「それで刀を抜いたか」

「いまとなっては、誘いの手に乗せられたとのおもいがある。が、あの時は逆上していての。頭数は我々の方が多い。その分、油断があった」

右近がちらりと伊蔵に意味ありげな目線を走らせた。伊蔵は、何かを仕掛ける気配を感じとって、黙って、盃に酒を注いだ。

「いや。まともにやりあっても勝てぬ相手でござろうよ」

右近がいいはなった。

「何といわれる。我らにも意地はござるぞ。決死のおもいで挑めば、あのような不様《ぶざま》な負け方はせぬはずだ」

「相手が悪い。奴は、柳生新陰流免許皆伝の腕前だ」

「柳生新陰流免許皆伝……あ奴をご存じなのか」

「先様はおれのことは知るまいがの。あの侍の名は堀田甲次郎。大身旗本にして大目付の要職にある堀田上総守の次男坊殿でござるよ」

「大目付の、次男坊……」

驚愕の目を見開いたまま、身じろぎひとつしなかった。

「何かと合点がいくことがござろう。あれほどの騒ぎだったにもかかわらず、畷川藩にも何のお咎めもなかったはず」

右近の当てずっぽうのことばであった。小塚要之助の様子からみて、大事になることなく事はおさまったと推量していた。

「そういえば町奉行所から何の通達もなかった。死人も出た騒ぎゆえ、なんらかの問責はあるやもしれぬと覚悟はしていたが、何も起こっておらぬ」

「見て見ぬふりをしたのでござるよ。大目付の要職にある大身旗本と三万五千石の大名家の喧嘩。町方としては差配違いを理由に、素知らぬふりを装おうが得策」

「喧嘩両成敗ならぬ両解き放ちか。喜ぶべきか悲しむべきか。御政道のあるべき姿を考えると、複雑なおもいでござる」

　盃の酒を一気に飲み干した。

「大身の身分とはありがたきもの。堀田甲次郎め、父・上総守の威光を受けて花の吉原で、当代随一の花魁と誉れの高い高尾太夫を酒席に侍《はべ》らせての豪遊三昧《ざんまい》。小塚殿はご存じないかもしれぬが接待するは江戸有数の商人・油問屋の遠州屋富吉」

「なに、遠州屋」

　小塚要之助の声が尖《とが》った。

「ご存じでござるか」

「知るも知らぬも、遠州屋富吉はわが畷川藩お出入りの商人でござる。当藩の名産は菜種。油を抽出し、出入りの商人に売り渡しております。なかでも遠州屋は例年大口の取引を行なっている相手」

右近は、駄目で元々と投げかけた話が生みだした、おもわぬ結果に驚いていた。伊蔵と眼を見交わす。たがいの眼が遠州屋を軸に堀田親子と畷川藩がつながった、と語りあっていた。

「そのような噂、なぜ月ヶ瀬殿がご存じなのだ。吉原遊郭と何らかのかかわりがおありになるのか」

不審を露わに、小塚が問いかけた。

「身共は浄閑寺の食客でござる。浄閑寺は、吉原遊郭の亡八たちが命果てた遊女たちを門前に投げ捨てていくことから、投込寺との異名を持つ寺院。吉原で何が起きたか、翌日にはつたわる仕組みができております」

「なるほど。それなら、わかりまする」

伊蔵はひとことの口も挟まず、黙々と盃を口に運んでいる。

二刻（四時間）後、右近たちは、

「もう少しこうして呑んでいたいが」

とひきとめる小塚要之助を振り切って、畷川藩上屋敷を後にした。

浄閑寺への道すがら、伊蔵が話しかけてきた。

「月ヶ瀬の旦那、住まいを教えてよかったんですかい」

「調べてわかることは先手をうって話しておく。相手に疑念を抱かせないための有効な手立だとおれはおもう。小塚殿が動かなくとも、畷川藩の誰かがおれの探索をはじめるかもしれぬ」

「まさか、そんなことは」

「伊蔵、今夜は浄閑寺に泊まれ」

「そいつはご勘弁を。四郎兵衛会所にもどって、みんなの報告を聞かなきゃなりやせん」

「尾行がついておる。畷川藩上屋敷からずっとだ」

伊蔵が振り返ろうとした。

「振り向くな。殺意はない。おれがまこと浄閑寺に住まっているかどうかを、確かめたいだけのことだ。見とどけたらすぐに引きあげるはず」

「わかりやした。のんびり道行きと洒落《しゃれ》こみやしょう」

伊蔵が狐目をさらに細めて、微笑んだ。

五

明け六つ（午前六時）の時鐘が鳴り響いている。日本堤を急ぎ足で行くふたりがいた。吉原総名主の三浦屋四郎右衛門とお蓮だった。その顔にはただならぬ気配が浮かび上がっていた。行く先は浄閑寺、訪ねる相手は月ヶ瀬右近と決まっていた。

「連夜のご登楼は大変ありがたいことでございますが、ちと酔狂がすぎておりましてな」

三浦屋四郎右衛門がいった。

浄閑寺の本堂には須弥壇を背に慈雲、少し下って脇に右近、向かい合って三浦屋、背後に伊蔵とお蓮が坐っていた。

「浄閑寺の檀家総代ともいうべき吉原総名主・三浦屋四郎右衛門直々《じきじき》のお成りということであれば、わしが応対せねばなるまいの」

といい張って座に列した慈雲であった。

「酔狂がすぎるとは？」

慈雲が問いかけた。

「一昨夜、昨夜と遠州屋さんが堀田さまをご接待なされましてね。一昨夜は大目付・堀田上総守さまと次男の甲次郎さま、昨夜は甲次郎さまのみがまいられました」

三浦屋がことばを切った。一息ついて、つづけた。

「あろうことか、堀田甲次郎さまが高尾太夫に一目惚れし、身請けしたいと申し入れてこられたのです。金主元は、もちろん遠州屋さんで」

右近がいった。

「堀田父子と遠州屋が十七の娘を探している様子だと、高尾太夫が伊蔵をつうじてつたえてきたが、そのこと、知っておられるか」

「知っております、太夫から聞きました。十七の娘、といえば暇川藩の藩士たちが行方を探っていた、裏長屋に住む母子ふたり暮らしの唇の左下に黒子がある十七の娘、とつながることではないかと、そう考えております」

「赤鬼の金造と堀田甲次郎はつながっておりやす。まさか身請話をお受けなすったんじゃありますまいね」

伊蔵の口調に棘《とげ》があった。

「もちろん即座に断わったさ。が、堀田甲次郎が承知をしねえ。旗本の次男坊とみてあなどるのか、と凄い剣幕でね。遠州屋も、ねちっこく迫りやがる。お引き取り願うのに閉口したものさ」

堀田甲次郎、遠州屋と武士と常連客を呼び捨てにしたことで、三浦屋四郎右衛門の腹立ちがつたわった。

右近を見やり、ことばをあらためて、告げた。

「堀田甲次郎が、色好い返答をもらうまで通いつめる、と啖呵《たんか》をきりましてね。今夜も登楼することになっております。受ける気のない話、長引かせることもありますまい。今夜にでもきっぱりとお断わりする覚悟でおります」

「逆上した堀田甲次郎は大暴れするかもしれぬ。転ばぬ先の杖《つえ》、おれに出張ってくれ、というわけか」

「是非にもお願いいたしまする」

「引き受けよう」

「高尾太夫から聞いております。田沼さまは月ヶ瀬さまのことを、友だ、と遠州屋にいわれたそうで。利にさとい遠州屋のこと、同座していただくだけでも十分かと」

横から慈雲が口をはさんだ。

「わしも立ち合おう。坊主の説法が役に立つときもある。わしもいくぞ」

伊蔵とお蓮が顔を見合わせた。呆れかえっている。

「よろしくお頼み申し上げます」

三浦屋が丁重に頭を下げた。

「まかせておけ。拙僧で足りる話じゃ」

右近に視線を走らせ、高笑いした。


三浦屋近くの通りにお蓮はいる。

誰《た》そや行灯《あんどん》と用水桶が通りを左右に割るように、交互に置いてあった。誰そや行灯に灯《とも》された蠟燭《ろうそく》の炎が夜風に揺れている。そぞろ歩く遊客たちで吉原は殷賑《いんしん》を極めていた。

お蓮は、今朝方浄閑寺で、帰り際に右近とかわしたことばをおもい起こしていた。

「小石川養生所ではお千代さんの噂を口にすることは、止められているようです」

「大先生のこころづかいか」

「そのようで。ただし、これまで数人ほど、お千代さんのことを聞きに来た旗本の次男坊らしき侍がいるようで」

「やはり噂はおもわぬところまで広まっているとみゆるな」

「昨日は、三浦屋の勝手口をのぞき込んでいた御家人まで現われました。咎めると、お千代という娘はどこにおる、と男衆に問いかけてきたそうでして」

「お千代さんの身辺に怪しい動きがないか、警戒していてくれ」

「わかりました」

それで終わったことだったが、右近と話す機会の少ないお蓮にしてみれば、恋しい男の間近にいることだけで胸のときめきを覚えたものだった。

「まるで小娘みたいだ。われながら、いやになっちまう」

お蓮はおもわず口に出していた。伊蔵がいったとおり、右近と高尾太夫の間には、一夜は共にしたが男と女の交わりはなかったようだった。そのことは、その後の高尾太夫と右近の様子からみてもあきらかだった。だからといって、お蓮が右近に情けを受けたわけではない。ただ、誰のものでもない、という事実がお蓮のこころに一縷《いちる》の望みを残した。

お蓮は三浦屋のぐるりを何度も歩いた。修羅場になるかもしれぬ場所《ところ》にいる右近の身を案じてのことであった。立ち止まったお蓮は三浦屋の二階を見上げた。そこには右近がいるはずであった。

三浦屋の二階の座敷に右近はいた。上座に堀田甲次郎、その脇に遠州屋が坐っている。向かい合って三浦屋四郎右衛門と背後に右近、一隅に伊蔵が控えていた。遊女たちの姿はなかった。

「三浦屋、もう一度訊《き》く。高尾太夫の身請話、万に一つも色好い返事はできぬというのだな」

堀田甲次郎が睨《にら》みつけて、いった。

「そのとおりでございます」

「三浦屋さん、それではあまりにも愛想のない話ではないか。考えなおしておくれな」

遠州屋が愛想笑いを浮かべた。が、その眼にある苛立《いらだ》ちの色は、隠しようがなかった。

「実は、高尾太夫には懸想《けそう》している相手がおりましてな。その人以外の身請話は受けぬ、と頑《かたく》なな申しよう。どうにもならぬのでございますよ」

「嘘ではないな。三浦屋、嘘をつくとただではすまぬぞ」

堀田甲次郎がわめいた。

「なんで嘘など申しましょう。高尾太夫が誰に懸想しているかは、遠州屋さんもご存じのはず。そうでございますな」

遠州屋が黙りこんだ。視線を右近に走らせる。その、わずかな動きを見逃すことなく三浦屋がつづけた。

「飛ぶ鳥落とす勢いの御老中・田沼さまが、友とお呼びになるお方こそが、懸想の相手でございまするよ」

「御老中の。遠州屋、まことか」

「同座いたしましたおり、御老中様がたしかに、友だと仰《おつしや》いました」

「ここにいるのか」

「そちらにお控えでございます。月ヶ瀬右近さまと仰られます」

「月ヶ瀬右近、とな」

堀田甲次郎が憤怒の形相凄まじく、右近を見据えた。

「月ヶ瀬右近でござる。堀田殿とは、何度かお会いいたしたが、此度は、またもおもわぬところで鉢合わせいたした。向後《こうご》ともお見知りおき願いたい」

堀田甲次郎が皮肉な笑みを浮かべた。

「お主とは一度手合わせしたいとおもっていた。大門前までご足労願おうか」

「斬り合いなど、望まぬ」

「卑怯《ひきよう》者め。勝負じゃ」

大きく吠え、座を蹴立てて立ち上がった。

いきなり隣室との境の襖が開けはなたれた。

「色即是空。空即是色」

手の甲に三重に巻きつけた大数珠を振りかざして慈雲が現われた。墨染めの衣の裾をひるがえし座敷のなかほどまですすみ出て、はたと堀田甲次郎を睨みつけた。

「たわけ者め。去れ」

「糞坊主《くそ》。ひねり潰してくれようか」

慈雲の胸ぐらをとった。慈雲は、瞬《また》きひとつすることなく見据えた。

「浄閑寺の住職・慈雲。わしの坊主頭と引きかえに、大目付の要職をつとむる旗本七千石堀田家が家禄没収、改易の憂《う》き目にあうか。おもしろい。ひねり潰してみい」

「おのれ」

「できぬか。痴《し》れ者め」

眼前に数珠をかかげた。

「喝《かつ》」

気圧《けお》された堀田甲次郎が手を離した。遠州屋が声をかけた。

「このことが、月ヶ瀬さまより御老中さまのお耳に入ったら、いかがなさるおつもりでございますか。この場はこらえてくださりませ。高尾太夫のかわりは、必ずこの遠州屋がお世話いたします。この場はお引きあげくださりませ」

右近を見やって、つづけた。

「月ヶ瀬さま、このこと、田沼さまにはご内聞に。何卒、よろしくお願いいたします」

遠州屋は堀田甲次郎の躰を押すようにして、座敷から出ていこうとした。その手を振り

きり、

「月ヶ瀬右近、決着は必ずつける」

吠え立てるや、腰高障子を引き開け、座敷から飛び出した。出合い頭にやって来た男芸者にぶつかった。

「無礼者」

床に叩きつけられた男芸者が半身を起こし、白扇を振り回して芝居がかって、わめいた。

「無粋な侍ことば。遊郭には身分の隔たりはございませぬ。その決まりを知らぬとは、無礼はそちらじゃ。無礼、無礼、無礼者め」

足を止めた堀田甲次郎が振り返った。

「男芸者め、その顔、覚えておく」

いうなり、足音高く歩き去った。遠州屋があわてて後を追った。

「無粋じゃ。無粋じゃ。無粋じゃぞ。無礼者めが」

しつこく騒ぎ立て、笑い立てる男芸者の声が堀田甲次郎と遠州屋の背に追いすがり、廓うちに響き渡った。

野《の》太《だい》鼓《こ》

一

　草木も眠る丑三《うしみ》つ時（午前二時から二時半の間）、というがこのことばは吉原遊郭にはあてはまらないらしい。が、さんざめく三弦の響きや遊女たちの嬌声は、大門を閉じる時刻と定められていた夜四つ（午後十時）ごろにくらべるとさすがに少なくなっていた。

　大門は実際のところは深更九つ（午前零時）間際に閉められる。

「夜四つに閉門しては、夕餉などをすませてこられるお客さまをお迎えすることはできませぬ。客が増え、繁昌すれば上納金も増える道理。なんとかしていただけませぬか」

　との吉原遊郭からの強硬な申し入れを受けて、夜四つの時の鐘を深更九つの時鐘間近に打つことで落着とした、面番所の苦肉の策の結果であった。

「定めは定め。覆《くつがえ》すことはできぬが、鐘撞《かねつき》役も杓子定規《しやくしじようぎ》にきちきちと鐘を打てぬときもある。時と鐘の音に、多少のずれがあっても仕方あるまい」

と、吉原遊郭との折衝にあたった与力のことばにもあるように、浅草寺の時鐘が夜四つにかぎって一刻（二時間）遅れて打ち鳴らされるのは、いわば約束事の不始末であった。大門は夜明けと同時に開門する。それまでは大門脇に設けられた袖門から出入りできた。

「無粋じゃ。無粋じゃ。無粋じゃぞ。無礼者めが」

と立ち去る堀田甲次郎をしつこく揶揄《やゆ》した男芸者はお座敷を終え、ほろ酔いかげんで袖門を出た。五十間道を千鳥足で歩いていく。男芸者は来たときと帰るときに、商売繁盛を祈って、必ず道沿いにある吉徳《よしとく》稲荷に手を合わせることにしていた。

この夜も、多少足をもつれさせながらも吉徳稲荷にたどりつき、本殿の前で手を合わせた。祈り始めたとき、背後を鈍色《にびいろ》の光が横切った。凄まじい風切音が起こったとき、男芸者の首は胴と離れていた。撥《は》ね跳んだ首が本殿の柱に派手な音を立てて激突し、境内に転がった。あまりに迅速な、手練《てだれ》の業《わざ》に首を無くしたことも感じとれぬのか胴体は合掌したまま、立ちつくしていた。首から血が溢れ出たかとおもうと、血汐が一気に噴きあげた。噴き出す血の勢いに胴体がぐらりと揺れ、円を描くように倒れていった。地面に伏したあとも血は噴きだしつづけ、血の池をつくりだした。

男芸者の首なし死体を見下ろして立つ武士がいた。右手に抜き身の大刀を下げている。

堀田甲次郎であった。

「男芸者め、下手な太鼓を叩くなら人気《ひとけ》のない野原でやればよかったのだ。耳障りな音をだしおって」

傍らに転がる男芸者の首に向かって唾を吐きかけ、鞘音高く大刀をおさめた。懐手をして悠然と歩き去って行く。二度と振りかえることはなかった。


夜がしらじらと明けそめるころ、箒《ほうき》片手に寝ぼけ眼《まなこ》で境内に出てきた吉徳稲荷の神官が男芸者の死骸を見いだした。箒を放り投げ、面番所へ走った。

面番所に詰めていたふたりの隠密同心のうちのひとりが手先を連れて吉徳稲荷へ向かった。

男芸者の骸は合掌したまま横たわっていた。同心は男芸者とは顔馴染《なじ》みであった。

「嫌味な軽口を遊芸と勘違いしてたから、いつかこういうことになるんじゃねえかと心配していたんだ。まるで、てめえの生首に手を合わせてるみたいじゃねえか」

呻くようにそういい、膝を折って、手を合わせた。

「男芸者が辻斬りにあった」

との知らせは面番所から吉原遊郭の総名主・三浦屋四郎右衛門にとどけられた。三浦屋四郎右衛門は前日の帳簿をあらためているさなかであった。

「あの野太鼓が」

三浦屋の脳裡に、怒りにまかせて座敷から出ていった堀田甲次郎とぶつかって突き飛ばされ、廊下に転がった男芸者の姿が浮かんだ。悔し紛れに悪態をついていた声が甦ってくる。

「下手な軽口を叩くからだ。殺しがつづくこんなときに余計な手間を増やしやがって」

苛々《いらいら》しく口走り、大きく舌を鳴らした。

「栄吉。四郎兵衛会所に出向き、伊蔵を呼んでくるんだ。寝ていたら叩き起こして連れてこい」

めずらしく不機嫌さを剝き出した三浦屋の剣幕に恐れをなしたか、うなずく代わりに首をすくめ、栄吉は大慌てで内所を飛び出していった。

伊蔵は、右近とともに日本堤を吉原へ向かった。見返り柳が朝の陽を浴びて、ゆったりと風に揺れている。暑い一日になりそうだった。

「あの野太鼓、口が滑る悪い癖がありやしてね。冗談か悪態かの区別がつかねえときがあるんで」

「野太鼓？」

右近が問い直した。

「男芸者のことを吉原じゃ野太鼓、太鼓持ち、幇間《ほうかん》などと、そのときの気分にまかせて呼びわけますんで」

「首を斬られていた、といったな」

「斬ったのは堀田甲次郎に違いありやせん。あの野太鼓が吉徳稲荷に入ったあと、まるで追いかけるかのように侍が境内に入っていって、ほどなく出てきたのを面番所の手先が見ているんで」

「着物が堀田甲次郎が身につけていたものと同じだったのだな」

「そこのところは、きっちりと手先から聞き込んでおりやす」

「無礼討ちか……」

「人を斬り殺してお咎めなしだなんて、あっしら町人にはどうにも我慢のならねえお定めで」

右近は黙った。たしかに伊蔵のいうとおりだった。斬る立場にある侍はともかく、斬られる町民、農民たちにすれば理不尽極まる掟だった。無礼討ちには、武士側にもそれなりの理由が必要であった。調べにあたった者を、

「それならば無礼討ちもやむを得ぬ仕儀《しぎ》」

と納得させることができないときは切腹、断罪の罪に処せられることもあった。が、それは万にひとつのことで、ほとんどの場合がお咎めなしで終わっていた。

右に折れて衣紋《えもん》坂を下った右近たちは五十間道へ足をすすめた。吉徳稲荷の前にふたりの男が立っているのが見えた。栄吉をしたがえた三浦屋四郎右衛門だった。

やってきた右近たちに三浦屋が声をかけてきた。

「野太鼓の死骸は斬られたときのままにしてあります。人の出入りをさせないために栄吉とふたりで出張っておりました」

「首の切り口はおそらく女衒《ぜげん》たちのときと同じかたちであろう。あらためよう」

「こちらでございます」

行きかけて足を止め、いった。

「伊蔵、栄吉と一緒に前で見張っていてくれ。誰も入れちゃいけない。いいね」

「わかりやした」

伊蔵は踵を返した。

本殿の前に男芸者の首無し死骸が横たわっていた。賽銭《さいせん》箱の近くに首が転がっている。

右近は片膝をつき、首と、胴のふたつの切り口を凝視して、何度も見比べた。

「女衒のときと同じ太刀筋」

三浦屋を見上げて、いった。

「間違いない。首斬りは堀田甲次郎の仕業だ」

三浦屋が無言で首肯した。

「骸を浄閑寺へ運んで弔おうとおもうが」

「この野太鼓は長屋暮らしの独り者。面番所も無礼討ちですます腹づもりのようにおもわれます。伊蔵にいって運ぶ段取りをつけさせましょう」

「頼む」

右近は再び首の切り口を見つめた。

(勝てるか)

おのれに問いかけてみた。太刀筋から見るかぎり答は、否《いな》、であった。

(身を捨ててこそ浮かぶ瀬もあれ、という。勝負は時の運だ)

そうおのれに言い聞かせた。

伊蔵たちに男芸者の弔いをまかせた右近は、曲輪《くるわ》内の田沼意次の役宅へ向かっていた。

吉徳稲荷を出るときに浅草寺の明け六つ(午前六時)を告げる鐘が打ち鳴らされた。早足でゆけば明け六つ半（午前七時）少し過ぎには着く。よほどのことがないかぎり、田沼は屋敷にいるはずであった。

役宅に着いた右近は物見窓越しに門番に声をかけ、

「此者懇意の者也。田沼家に関わりある屋敷場所出入り自由。此者余に面談を望みし折は最重要の扱いにて至急取次致すべきこと　田沼意次」

と、田沼の手によって墨跡鮮やかに記された木札をかかげて見せた。

すでに顔見知りとなっている門番は木札をあらためようともせず、右近を門内に招じ入れ、御丁寧にも玄関の式台の前まで案内してくれた。取次の武士に何事か耳打ちする。武士はあたふたと奥へかけこんでいった。

右近が通されたのは接見の間ではなく、屋敷奥の田沼の書見の間であった。田沼は着流し姿の気楽な出立で右近を待っていた。向かい合って坐るのを見とどけて、田沼がいった。

「急ぎの事態とおもうてな、体調優れぬゆえ昼過ぎの登城といたす、としたためた書付を家臣に持たせたところだ」

右近が突然訪ねてくるなど滅多《めった》にないことであった。田沼は、その意味するところをよくわきまえていた。

「教えていただきたいことがあり、罷《まか》りこしました」

「何を訊きたいのだ」

「備前国は畷川藩のことにつきまして」

「畷川藩と申さば遠州屋が御用商人をつとめている藩ではないか」

ことばを切って、じっと見つめた。

「このところ遠州屋の動きに胡乱《うろん》なものを感じておった。遠州屋も加担いたしておることか」

「どの程度首を突っ込んでいるかは、いまのところ、わかりかねます」

田沼は、うむ、と首をひねった。顔を向けて、いった。

「畷川藩は三万五千石。城主は夏目隠岐守《なつめおきのかみ》。年は十七」

「十七？」

「十七だ。二年前に病にて急逝した父に代わって城主となった。生来の病弱での、一年ほど前から病の床に臥しているとの風聞が聞こえてくるが真実のほどはわからぬ」

「独り身で、ございまするか」

「独り身だ。くわえて病弱。このままでは畷川藩の命運は尽きるかもしれぬな」

「重臣たちの間に何か動きがあるはず。手をこまねいて、みすみす三万五千石を捨て去るともおもえませぬ」

「ない、とはいえぬ」

田沼は宙に視線を泳がせた。

「これから先は独り言《ひとごと》だ。幕府はお世継ぎなしを理由に畷川藩の取り潰しも考えている。落度を求めて数名のお庭番を備前へ放った。国家老・海野調所《うんのずしょ》が藩士二十名を目立たぬよう数人ずつにわけて江戸へ旅立たせた。藩士たちは江戸の裏長屋をめぐり歩いて、何やら探索しておる、という報告があった」

右近は、

――裏長屋に住む、母子ふたり暮らしの、唇の左下に黒子のある十七の娘を探しているお国訛りのある侍は畷川藩の者に相違ない、と推断した。

「これ以上はわしの口からはいえぬ。右近、わしには老中としての立場もある。独り言のなかみ、信ずるに足る者以外、他言無用ぞ」

「心得ております」

田沼は、笑みを含んでいった。

「朝餉など食していけ。家臣たちが毒味を重ねて冷え切っておるがの。わしがいかにまずいものを日々食しておるか、身をもって味わうのも、また一興じゃ」

「天下に権勢列《なら》び無きお方と評判の田沼様の朝餉、いかなるものか、後学のため遠慮なく馳走になります」

揶揄《やゆ》する口調で応え、右近は微笑んだ。

二

右近が浄閑寺へもどったときには、男芸者の弔いは終わっていた。蠟燭《ろうそく》の炎が揺らぎ、香箱から煙が立ちのぼっているところをみると、まだそれほどの時は過ぎ去っていないとおもわれた。石碑の前で、慈雲と伊蔵が立ち話をしている。右近を見つけて、伊蔵が軽く腰を屈めて挨拶した。

歩み寄った右近に、慈雲が首を叩いて、いった。

「あの折り、わしの坊主頭と引き替えに、などと悪態をついたが、堀田甲次郎め、首切りの達人らしいの。奴が刀をもっておったら、いまごろわしの首と胴は泣き別れになっていたかもしれぬ。くわばらくわばら」

おどけた仕草で首をすくめてみせた。

「堀田甲次郎の業前、私がそばにいても、とてもふせぎきれるものではありませぬ。向後は何かと用心が肝要かと」

「こ奴め、坊主を脅すと後で祟《たた》られるぞ。わしは三途の川の渡し守。渡し守を守るのも三途の川の用心棒の役目だ」

「いうことに耳を貸していただけねば、とても守りきれるものではありませぬ。まずは危うきに近寄らず、のこころをもたれることでございます」

「わかった。わかった。気をつけよう。まだ死にたくないでな。伊蔵、三浦屋殿に遊女たちの墓詣でに来られるようつたえてくれ。そろそろ当寺の米櫃《こめびつ》が空《から》になりそうだ。飢えては供養もままならぬでな」

「おことばのまま、申しつたえやす」

伊蔵が生真面目な顔つきで応えた。

うむ、と大きくうなずき、慈雲が高笑いしながら本堂へ向かって去った。

見送った右近が顔を伊蔵に向けて、いった。

「堀田上総守、甲次郎父子と遠州屋富吉が手を組んで、畷川藩にたいして何やら謀略をめぐらしているようだ」

「何か、わかったんで」

右近は、田沼から聞かされた畷川藩にかかわる話を語って聞かせた。

伊蔵が首を傾げた。

「畷川藩国許から隠密裡に江戸へ差し向けられた藩士たちは、どこに潜んでいるんでしょうかね」

「江戸藩邸におらぬことだけはたしかだ。二十名もの武士が宿泊するところとなると寺か、それとも」

「まさか、旅籠《はたご》ではありませんね」

「旅籠にそれだけの人数で長逗留するとなると目立つことは請け合いだ。隠密のお役目で出てきた藩士のやることではない。国侍たちが勝手に国許を離れることは法度《はっと》に触れる。露見したら畷川藩がお咎めを受けることになる」

「遠州屋はどうでしょう。小網町《こあみちょう》に構えているお店《たな》のほかに、根岸《ねぎし》と洲崎《すさき》弁天近くの入《いり》船町《ふねちょう》に寮があったはずですが」

「お店にはすでに張り込んでいる。残るは根岸と入船町の寮だ。張込み、すぐにも手配してくれ」

「それだけの人数の侍の所在。探りを入れれば二、三日のうちには手がかりはつかめるはずで」

伊蔵が狐目を細めた。

右近は根岸の里にいた。伊蔵と栄吉がしたがっている。男芸者が堀田甲次郎に首を斬り落とされてから二日が過ぎ去っていた。

遠州屋のふたつの寮近辺を聞き込んだ亡八者たちが、根岸の寮に多数の武士が寝泊まりしている、との噂を聞き込んできたのは昨日のことであった。

腕のほどもわからぬ二十人もの武士が住み暮らすところへ、ひとりで斬り込むなど無謀の二字に尽きた。一計を策した右近は、遠州屋の根岸の寮の表門を望む立木の蔭に身を潜め、侍たちが現われるのを待っていた。

侍たちがどのような動きをしているか予測がつかなかった。右近たちは朝陽がのぼるころには寮の前にいた。朝飯にと伊蔵が用意してきた握り飯を頬張りながら張込みを始めた。近くの農民であろうか、籠《かご》を担ぎ、鎌を手にして道灌《どうかん》山のほうへ歩いていった。

昼過ぎまでなんの動きもなかった。

「このぶんじゃ昼も握り飯ということになりそうですね」

伊蔵が腰に下げた布袋に手をのばした。

「待て。誰か出てくる」

右近の声に伊蔵が、寮の瀟洒《しょうしゃ》なつくりの瓦葺《かわらぶ》き腕木門《うでぎ》に目を向けた。両開きの門扉の一方に設けられたねずみ木戸を潜って、ふたりの侍が出てきた。一方は茶の小袖に黄土色の大名縞《じま》の袴、片割れは紺色の小袖にやはり黄土色の万筋《まんすじ》模様の袴をはいている。

「栄吉、もう少しいったところで仕掛けやすい方から財布を掏摸《すり》とれ。すったことがすぐわかるように盗《と》るのだ」

「えっ、そのほうがむずかしいですぜ」

「追いかけてきたら林の中へ逃げ込むのだ。伊蔵は途中で財布を預かって栄吉とは別の方へ逃げよ。敵を分断し、まずひとりをとらえる。伊蔵は足にまかせて逃げまくり、頃合いをみておれのいる方へ走って来い。待ち伏せの場所はわかっているな」

「林の中の檜《ひのき》の大木で。月ヶ瀬の旦那が残るひとりも生け捕りにする。そういう段取りでござんすね」

伊蔵が楽しげに応えた。荒事が根っから好きな性分なのだ。これから仕掛けることに胸を躍《おど》らせているのが、傍目《はため》にもよくわかった。

「行くぞ」

立ち上がった右近は侍たちを追って歩きだした。伊蔵と栄吉がつづいた。

数人横並びになれば通れなくなるほどの道幅だった。左右に林が連なっている。

侍たちは走ってくる足音に振り返った。息せき切った栄吉が万筋模様にぶつかった。

「ごめんなさいよ」

顔も見ずに言い置いて、栄吉はふたりの間をすり抜けて走り去っていった。

「巾着《きんちゃく》切りだ」

伊蔵が一声わめき、侍たちの間を割って栄吉を追った。

「巾着切りだと」

顔を見合わせたふたりの侍が、ほとんど同時に懐を探った。

万筋模様が、

「しまった」

と呻いた。

「ないのか、巾着が」

大名縞が問うた。

「逃がしてたまるか」

万筋模様が駆けだした。大名縞があとにつづく。

距離はみるみる縮《ちぢ》まっていった。

栄吉は懐から巾着をとりだし、伊蔵に投げた。伊蔵が受け取る。

「巾着を投げ渡したぞ」

大名縞が叫んだ。伊蔵の後を追う。

「仲間かもしれぬ。おれは巾着切りを」

万筋模様は栄吉の後を追った。

栄吉は林のなかへ逃げ込んだ。木々の間をじぐざぐに走る。林の中のことである。万筋模様には、どこをどうたどったか、皆目見当がつかなくなった。

栄吉が檜の大木の蔭に飛び込んだ。後を追って大木の後ろへ駆け込んだ万筋模様が、背後の気配に振り向いた。どこから現われたか月代《さかやき》をのばし大銀杏《おおいちょう》に髷を結い上げた、着流しの浪人が立っていた。月ヶ瀬右近だった。

「畷川藩の方か」

「問答無用」

万筋模様が刀の柄に手をかけ、鯉口を切った。が、そこまでだった。右近の手練《てだれ》の居合いが、万筋模様の肩をしたたかに打ち据えていた。右近は抜きはなった刀を途中で峯《みね》に返していた。驚くほど迅速な返し技だった。万筋模様は低く呻いて、前屈みに崩れ落ちた。

「栄吉、猿轡《さるぐつわ》を嚙ませ、縛り上げて木の蔭にでも転がしておいてくれ」

栄吉が首肯し、袂《たもと》からかねて用意の荒縄をとりだした。

伊蔵も木々の間を右へ左へと逃げ回っていた。大名縞はしぶとかった。最初は高をくって走る速さを加減していたのだが、みるみるうちに間を詰められた。伊蔵は焦った。

(斬られるかもしれねえ)

とおもった。伊蔵にそう感じさせるほど大名縞の走りは見事だった。腰の刀に手をあて、躰を前傾させたまま、走ってくる。そのかたちが崩れなかった。息づかいにも乱れがないようにおもえた。

(すこし早いかもしれねえが、月ヶ瀬の旦那のところへ駆け込むとするか)

伊蔵はさらに小刻みに方向を変え、檜の大木をめざした。

大名縞は檜の大木の蔭に飛び込んだ伊蔵を追い込んだと看たか、ゆっくりと歩み寄ってきた。刀の鯉口を切っている。大木の後ろにまわって動きを止めた。振り向きざま居合い抜きに大刀を一閃した。

金属をぶつけ合う鋭く、重い音があたりに響いた。生いしげる木々の葉に遮られ、陽射しもあまり入らぬ林に、凄まじいまでの火花がきらめいて、飛び散った。

大名縞の刀を背後から迫った右近が鎬《しのぎ》で受けていた。たがいに間合いを計りながら、ゆっくりと後退る。群れ立つ木々が右近と大名縞の動きの自由を奪っていた。たがいに跳び下がり、間合いを一挙に拡げるのがふつうであった。が、そうすれば木の幹にぶつかるか、あるいは、木の根に足をとられるか、いずれにしても体勢を崩すのはあきらかだった。

場のありようを瞬時に読みとり、戦う手立を組み立てる。並みの剣客にはできぬことであった。

大名縞が、いった。

「おぬし、できるな」

右近はことばを発しない。

(これほどの業前の持ち主、生け捕りにするのは無理)

と胸中で判じていた。

右近は正眼に構えた。立ちならぶ木々が枝を伸ばした林の中では、左右に大きく刀を振るう返し技は使いにくかった。木の枝や幹に刀を食い込ませる恐れがあった。得意とする［秘剣　風鳴《ふうめい》］は、自然の様相に封じられたかたちとなっていた。

大名縞も正眼に構えていた。大上段に構えて、踏み込みざま刀を振り下ろす幹竹割《からたけわり》などの動きの大きな技は場所柄使えぬ、と看て正眼に据えたに相違なかった。

(突きで来るか)

右近もまた、突き技で決着をつけようとおもっていた。

摺《す》り足でわずかずつ大名縞は間合いを詰めてきた。右近は、動かなかった。さらに大名縞が迫った。ついには、たがいの切っ先が触れ合うところまで達していた。

右近のなかで、奇襲ともいうべき戦法が閃《ひらめ》いた。

（二刀を使う）

との考えだった。

右近は左手で逆手《さかて》に大刀を持ち、左腿の前に置く投剣の構えをとった。右手で脇差を抜く。八双に位置した。

大名縞の面にわずかに怪訝《けげん》の色が浮いた。出方を探る気配がみえた。その虚を右近は見逃さなかった。脇差を大名縞の喉もとに向かって、投げた。

大名縞は脇差を払いのけた。なかば反射的な躰の動きだった。大名縞の腹部がさらけ出された。右近は左手で握った刀を斜め上に向けて突きだした。柄頭に右手を添え、強く押し込む。切っ先は肋骨の付け根に突き立ち、背中へ突き抜けていた。

右近は刀を引き抜きざま、横に転がっていた。大木の蔭に回り込む。大名縞の刀は右近の動きを追った。が、袈裟懸けに振るったその刃は深々と木の幹に食い込んでいた。大名縞は、大木にもたれかかるように倒れ込んでいった。

立ち上がり、大名縞を見据えた右近に伊蔵が声をかけた。

「死体も運びやすか」

振り向くと、伊蔵と万筋模様を縛り上げて縄じりをとった栄吉が、木の後ろから姿を現わしていた。

「このまま、野ざらしにしておこう」

「野ざらしに？」

「町奉行所の手の者が見いだしたら、骸は何者、と探索が始まるだろう。畷川藩の国許の侍たちが見つけだしたら、何者が殺したか疑心を抱くはずだ。ましてや、ひとり行方知れずになっているのだ。疑心は疑心を生むに違いない。町奉行所が調べていることを知ったときは、法度を犯している身、探索の手がのびるのを怖れざるをえまい。いずれにしても侍たちは、何らかの動きを始めるにきまっている」

「生け捕りにしたこいつは三浦屋の寮へ運び込んでおきます」

「人目につかぬようにな」

「このあたりには寺があちこちにありやす。ちょっと歩きまわれば棺桶屋のひとつ、ふたつは見つかるはず。出来合いの棺桶でも買ってきまさあ。ついでに荷車も調達してきやしょう。橋場まで担いでゆくのは骨だ」

「場所を変えよう。おれがこ奴を見張っている。落ちあうところを定めたら伊蔵と栄吉は棺桶と荷車を求めに走ってくれ」

「わかりやした」

右近から栄吉に視線をうつして伊蔵がいった。

「おれが棺桶。おまえは荷車だ」

「楽な仕事をまわしてもらって、申し訳ありやせん」

愛想笑いを浮かべた栄吉が、力仕事には不向きの、器用な動きが身上の巾着切りらしい華奢《きやしや》な手先をからませて揉み手した。

三

橋場町は真崎稲荷《まつさきいなり》近くの三浦屋四郎右衛門の寮の地下の間に、右近たちはいた。後ろ手に縛り上げた万筋模様の袴をはいた侍を囲んで坐っている。伊蔵の他に五人の亡八者が控えていた。探索に出張った左次郎ら亡八者たちからのつなぎを受けるべく、四郎兵衛会所へもどった栄吉に命じて手配りした者たちであった。

万筋模様の口には猿轡《さるぐつわ》が嚙まされたままだった。口の端から血の筋が垂れている。すでに乾いていた。寮に連れ込んで、詰問しようと猿轡をはずしたところ、いきなり舌を嚙んで死のうとした。そのときは、猿轡に使っていた手拭いを無理矢理口に押込み、ことなきを得た。が、猿轡を噛ませたままに放置しておくしか手立がなくなった。

万筋模様は眼を閉じたまま、身じろぎひとつしなかった。右近たちも口を開かない。すでに一刻以上過ぎ去っていた。

「とことんいたぶってやろうか」

焦《じ》れたのか、伊蔵がいきなり万筋模様の頬に拳《こぶし》をくれた。強烈な一撃に横倒しとなった。

「待て。おれに思案がある。これ以上痛めつけてはならぬ。こころあたりに顔あらためをしてもらえば、身元はわかる」

万筋模様が低く呻いて右近を睨みつけた。

「それじゃあ、江戸詰めの方に」

伊蔵のことばに万筋模様の眼が驚愕に大きく見開かれた。焦りがその眼に浮いていた。


大名縞の武士は林から道へ這い出たところで息絶えていた。死力をふりしぼって寮へもどろうとしたが果たせず、力尽きたとおもえた。

大名縞の骸は、出かけたまま日暮れになっても帰ってこないふたりを案じて、探しに出てきた侍のひとりが発見したのだった。無断の出歩きは禁じられていた。頭領格の矢崎《やざき》隆《りゅう》五郎《ごろう》が遠州屋とともに大目付・堀田上総守のところへ出向いたため、監視の目がゆきとどかず緩みが生じた。夜になると矢崎隆五郎が帰ってくる。ただでさえ任務がはかどらず、皆が苛立ちをつのらせていた。全員が無意味な揉め事はさけたい、と願っていた。そのための、懸命な探索であった。

大名縞の死骸を寮に運びこむのと矢崎隆五郎が遠州屋とともに帰ってきたのが、ほぼ同時だった。隠しようがなかった。当然のことながら、激昂した矢崎は一同をどやしつけた。怒りながら、無為無策に過ごしたとしかおもえぬ、江戸へ出てきてからの日々をおもい起こしていた。

「人目にたつゆえ、十七の娘の探索は控えられるがよい。代わりに当方にて行なおう。結果が出たら知らせる。外出も控えられ、寮にてじっと待たれるがよい。貴殿らは定めに触れておる身、そのこと、よく胸に留めて自重されることだ。悪いようにはせぬ」

矢崎隆五郎は、探索の手助けを願い出ようと遠州屋を通じて会った堀田上総守にそう告げられた。

遠州屋は足繁く寮にやってきて、探索の経過を話してくれた。

——裏長屋に住む、母子ふたり暮らしの、唇の左下に黒子のある十七の娘との条件にあてはまる女たちを探索し、狙う相手ではないとみなした者たちは、いずれもひそかに殺害している、という。

「ちと乱暴ではないか」

と矢崎は遠州屋に問うた。

「畷川藩の存亡がかかっております。人の口に戸はたてられませぬ。噂は、いずれどこからか流れ出るもの。死人に口なし。これしか秘密を守り抜く手立てはありませぬ」

と冷えた笑みを浮かべた。矢崎が、いままでに見たことのない遠州屋の顔つきだった。

(この男は銭のためには表情ひとつ変えずに、親兄弟も殺せるに違いない)

そうおもって、背筋が凍るおもいにとらわれた。

その遠州屋が仲間の死体を凝視している。表情に、何の変化もなかった。国家老から命じられて国許から共に出てきた者たちは、俯《うつむ》いて黙り込んでいる。動きを封じられ、遠州屋の寮に滞在して、二ヶ月になろうとしていた。

待つことに疲れ果て、焦りに焦ったこころが、渋る遠州屋を説き伏せての、今日の堀田上総守との話し合いにつながった。

「待つことだ。お国訛りのある侍たちが裏長屋に住む十七の娘を捜し回っている。なにか曰《いわ》くありげな話ではないか、との噂がわしの耳にも入っているくらいだ。慎まれよ。いまは我慢が肝心じゃ」

堀田上総守は矢崎隆五郎の顔を見るなり、にべもなくいった。相手は諸大名を監察し、不届きがあれば処断する立場にある大目付である。下手な反論をすれば畷川藩の存亡にかかわる事態に陥るかもしれなかった。矢崎隆五郎には、

「なにとぞよしなに」

と頭を下げるしか手立てはなかった。矢崎隆五郎は国許では目付役を拝命していた。その職掌柄、探索の対象にたいする好悪、印象などの個人的なおもいが、罪科の有る無しを決める判断の大きな要因になることを承知していた。堀田上総守のいうとおり、

「いまはただ、我慢と忍従の時」

に相違なかった。

（遠州屋のすすめるがままに堀田上総守様に御助力を願ったこと、はたして、ただしかったのであろうか）

とのおもいが強い。その苛立ちが必要以上の厳しいことばとなって、国許から来た者たちを責め立てていた。

「あれほど勝手な外出は控えよと命じていたではないか。こそこそと出かけた結果がこの

不始末か」

矢崎隆五郎は吠えつづけた。やがて、一言も反論しない一同に、さすがに疲れ果てて黙り込んだ。

大名縞の死体を前に黙然と座り込んだまま、小半刻（三十分）近く時が流れていた。

遠州屋が、ぼそりといった。

「どこの何者が斬り殺したか。それが問題でございますな。おそらく斬った相手が、帰って来られぬもうお一方を連れ去ったはず」

矢崎隆五郎が呻いた。

「誰がやったのか、皆目見当がつかぬ。斬られたのは藩有数の剣術自慢の者でござった。相手が並々ならぬ使い手であることだけはわかる。しかし、それ以上のことは」

「もしかして、あ奴が……」

遠州屋は涼やかな目許の、優男《やさおとこ》といってもいい月ヶ瀬右近の顔を思い浮かべた。が、畷川藩の揉め事に絡んでくる理由をおもいつかなかった。

「こころあたりがあるのか」

「いいえ。思い過ごしでございましょう。ただ、この上は」

「ただ、この上は」

「さらに御自重あそばして、慎重な上にも慎重な行動をとられますよう。この遠州屋も一《いち》蓮托生《れんたくしょう》の身でございますれば」

そういって深々と頭を下げた。頭を下げながら遠州屋は、

（月ヶ瀬右近のこと、詳しく調べあげねばなるまい）

と考えていた。

矢崎隆五郎は唇をへの時に曲げ、眼を尖らせて、怒りを押し殺している。

翌朝早く、畷川藩の上屋敷表門脇の物見窓を叩く男がいた。明け六つ（午前六時）のことである。訪ねて来るには、適さぬ時間である。

「急ぎの御用がございまして。この書状を小塚要之助様に手渡していただきたいんで」

寝ぼけ眼《まなこ》で物見窓の障子を開けた門番に書状を差し出したのは、風渡りの伊蔵であった。

「できればご返事をいただきたいんで」

狐目を細めて笑った。精一杯の愛想笑いを浮かべていたせいか、日頃の凄みは消え失せていた。門番は、ことさらに不機嫌さを剝き出して顔を顰《しか》め、書状を受け取るなり、

「待っておれ」

といって苛立たしく、障子を閉めた。

小半刻近く待たされただろうか、脇門を開けて顔をのぞかせたのは小塚要之助本人であった。

「おまえであったか。待たせてすまぬ。怪我人の病状が急変してな。あのときの喧嘩がもとで、またひとり死んだ」

「それは……。それでは今日の待ち合わせは無理でございやすね」

「他ならぬ月ヶ瀬殿が、是非にも引き合わせたい相手がいるとわざわざ使いをよこされたのだ。約束の時刻の昼四つ（午前十時）には、橋場は鏡が池近くの浅茅原《あさじがはら》に必ず参上いたす、とつたえてくれ。夕刻まで帰邸すれば通夜には間に合うでな」

「月ヶ瀬の旦那も、再会をお喜びになられるはずで」

伊蔵は、笑みを含んで応えた。


鏡が池の水面に生まれた波紋が、陽光に映えて、眩《まぶ》しくきらめいている。きらめきは、わずかな風の動きにつれて千変万化し、光と影の織りなす早い動きの舞いともおもえた。

物寂しい原野としかみえぬ浅茅原のはずれ、鏡が池のはす向かいに垂駕籠《たれかご》が一丁置かれていた。その傍らに右近と伊蔵が立っている。どこに失せたか駕籠かきの姿は見えなかった。

「来ますかね」

「約束は違《たが》えぬ男と看た」

伊蔵が首をのばして、ぐるりを見渡した。

「来やした」

指差した先を見ると、浅草の方からやって来る小塚要之助の姿が見えた。右近たちに気づいたのか、軽く手をあげ、小走りに近づいてきた。

右近は、垂駕籠の脇から一歩も動かず、小塚を見つめている。

「出がけに何かと用をいいつかっての。約束の時間に小半刻以上も遅れてしまった。申し訳ない」

小塚要之助は頭を下げた。右近たちが訪ねたときと同じ出立であった。身につけている木綿の小袖と袴は、よほど大事に着ているのか、洗い晒《ざら》しの、色あせたものであった。小塚の貧しい暮らしぶりが偲《しの》ばれた。

右近は、これから為すことは小塚のこころを傷つけることになるかもしれぬとおもった。が、止《や》めるわけにはいかなかった。

(これ以上、死人は出せぬ)

との強いおもいがあった。

「実は、畷川藩にたいして大目付・堀田上総守様と油問屋・遠州屋富吉が、何やら謀略を仕掛けているとの風聞を耳にしましてな」

「それはまことか」

小塚要之助が身を乗りだした。

「ひょんなことからその策謀にかかわる騒ぎに巻きこまれ、探索せざるを得ない立場にたたされておりまする」

「何か、つかまれたのか」

「藪《やぶ》をつついて蛇を出したのではないかと」

「蛇？」

「左様。お引き合わせしたいというのは、その蛇でござる」

「……畷川藩の、者でござるか」

「一月ほど前、江戸の裏長屋を、母子ふたり暮らしの、唇の左下に黒子のある十七の娘を探し求めて歩いた、お国訛りのある侍たちがおりました」

「それは……」

「そのお国訛りのある侍のひとりではないか、と推断される人物が駕籠のなかにおります。顔あらためを願いたい」

伊蔵が垂駕籠のむしろ戸をはね上げた。

小塚要之助の顔が驚愕に歪んだ。万筋模様の武士は息を呑み、慌てて顔を背けた。

ふたりの動揺を、右近はしかと見とどけていた。気づかぬふうを装って、問うた。

「いかがでござる」

「それは……猿轡をされているので、よく、顔が……」

「わからぬといわれるか」

「それが、その……」

「重ねて、お聞きする。畷川藩の藩士ではござらぬか」

「……覚えがござらぬ」

見つめる右近から目線をそらして、俯いた。

「畷川藩の方ではないということであれば、当方にていかように処断しても文句はござるまいな」

「それは、どういう……」

「始末する所存」

「まさか、殺す、ということでは」

「こ奴の仲間に、何人も斬り殺されている。情けをかける気持ちは、ない」

小塚要之助が黙り込んだ。やがて、こころを決めたかのように、うむ、とうなずき、顔を上げた。

「身共の一存では、計りかねること。江戸留守居家老・尾形鞘音《おがたさやね》様の意見など聞いてみたい。その者の処遇、しばしお待ちくださらぬか」

「畷川藩の藩士と認められるのか」

「そのことも含めて、御家老と相談いたす所存」

「三日間だけお待ちしよう。知らせは浄閑寺へよこしてくだされ。拙者が不在のときは、用件を住職の慈雲和尚につたえられるがよい」

右近が目配せした。首肯して、伊蔵がむしろ戸を下ろした。

「宮仕えの身。おのれの気持ちのおもむくままに動きたいとおもうても、そうもいきませぬ。命の恩人の月ヶ瀬殿に申し訳なき仕儀なれど、この場はこれにてお許しくだされ。御免」

深々と頭《こうべ》を垂れ、踵を返した。

立ち去る小塚要之助を見送って、伊蔵がいった。

「ごまかしのできねえお人だ。畷川藩の藩士でございやす、と態度とことばで十分に認めてまさあ」

「根っから正直なお人なのだ」

遠ざかる後ろ姿に来たときの活気が失われていた。

(江戸留守居家老との間で板挟みにならねばよいが)

右近は長屋を訪れた折り、挨拶にまかり出た小塚の老母を思い浮かべた。

(事の成り行き次第では剣を交えることになる。そのときは、そのときのこと。仕方あるまい)

右近は迷うこころを厳しく断ち切った。

四

翌夜、駿河台下の堀田屋敷の奥座敷では上座に堀田上総守、脇に堀田甲次郎、下座に遠州屋富吉が坐り、密談をかわしていた。

場には重苦しい沈黙があった。

堀田上総守が眼を中天に据えたまま、いった。

「そろそろ潮時かもしれぬな」

「潮時と申しますと」

遠州屋が問いかけた。

「根岸の寮にいる、御法度破りの畷川藩の藩士たちのことだ」

「……いかがなされるおつもりで」

「もし行方知れずとなっている藩士が殺され、町のどこぞに骸をさらされたらどうする」

「まさか。骸をさらすなど」

「いや。奴ならやるだろうよ」

堀田甲次郎が横から口を出した。

「こころあたりがあるのか」

堀田上総守が問うた。

「御老中・田沼様が友として遠州屋に引き合わせた月ヶ瀬右近。そ奴が此度のことを仕掛けたに違いない」

「しかし、月ヶ瀬さまは私どもと畷川藩とのかかわりには気づいておられぬはず」

遠州屋が首を傾げた。

堀田甲次郎が応じた。

「奴はこの屋敷を張っておった。堂々とおれのあとをつけて柳生道場まで来たこともある。我が屋敷も張り込まれておるのだ。遠州屋、おまえの店も、ふたつの寮も張り込まれていると看るべきであろうよ」

「……近所を聞き込めば、多数のお侍が寮に泊まっておいでになることはすぐにわかること。遠州屋富吉としたことが、これは迂闊でございました」

「畷川藩の藩士たちは、ここぞと矢崎殿の眼を盗んでは外出していたに相違ないのだ。昨日がはじめてではあるまい」

「おそらく、そうでございましょう。尻に火がついているのは、まさしくこの遠州屋でございました。御法度を犯して隠密裡に江戸へ潜入した畷川藩の藩士たちをかくまった罪軽からず、と咎められるは必至」

「最悪の場合は闕所《けっしょ》の上、獄門《ごくもん》磔《はりつけ》。ぐすぐずしているわけにはいかぬのう」

堀田上総守が皮肉な笑みを浮かべた。

「何ならおれが手を貸してやってもいいぞ。人斬りは、何度やっても、おもしろい」

薄ら笑った堀田甲次郎に、上総守が眼を向けた。

「畷川藩三万五千石の城主になるやもしれぬ身が何をいうか。これから先は自重せねばならぬぞ。兄の誠太郎《せいたろう》は温厚篤実《とくじつ》に生まれ育ったに、次男のおまえは幼いころから利かぬ気の乱暴者で、わしを手こずらせた」

「父上、その利かぬ気があってこそ柳生新陰流の免許皆伝を得られた、とおれはおもっております」

「その才を惜しむがゆえ、何とか世に出してやりたい、とこの父がこころを砕いておるのじゃ。遠州屋から、畷川藩の国許におわす藩主の病状が悪化し長くない命ときき、御法度を犯した矢崎と会ったのも恩を売り、折りあらば、そちを高禄で召し抱えさせようとの下心があったからだ」

「城主と双子で生まれたばかりに、畜生腹を忌《い》み嫌う武家の慣わしにしたがい殺されるところを、江戸家老・尾形鞘音の計らいでいずこかへもらわれていった御落胤の姫君の探索話をきかされて、遠州屋が欲の皮を突っ張らせ、父上もその欲の皮に乗っての、おれに姫君を妻《めあ》わせようとの計略。いまのところは五里霧中《ごりむちゅう》」

「投げやりな物言いをするでない。遠州屋が着々と事を仕込んでおる」

「左様でございますとも。証拠の品の家紋入りの懐剣も、もうじき手に入ります。もうそろそろ頃合いかと考えておるところで」

遠州屋が応えた。

「そうよな。事がうまく運べば遠州屋、おまえは畷川藩の物産を一手に取り仕切ることになる。そうなれば濡れ手に粟の大儲けではないか」

揶揄したように堀田甲次郎がいった。

「若様は三万五千石、暚川藩のお殿様。やりたい放題、好き勝手ができるお身分になられるではありませぬか。羨《うらや》ましいかぎりでございまする」

「こ奴、ぬけぬけと」

遠州屋が堀田上総守に視線をもどして、いった。

「矢崎さまたちの始末、遠州屋に考えがあります。おまかせくださいますか」

「どうするつもりだ」

「この世の名残の酒宴など、開いてやるつもりでございまする」

眉ひとつ動さず、さらりといいはなった。

「毒を、盛るか」

「ご法度破りの咎人を、そういつまでもかばいきれるものではございませぬ」

「腕の立つ家来たちを差し向けよう。毒の効きが悪いのが暴れでもしたら厄介だからな」

視線をうつして、つづけた。

「甲次郎。そちもいってやれ。御法度破りの不忠者を未来の城主が成敗する。事を決行するにあたっての門出の血祭りじゃ。存分にやれ」

「いわれなくとも、大暴れする所存」

薄ら笑った。細められた眼に黒目が浮いて、獣じみた顔つきとなった。あきらかに血に飢えていた。

堀田上総守父子と遠州屋富吉が謀略をめぐらしていたころ、月ヶ瀬右近をたずねて浄閑寺を訪れたふたりの武士があった。小塚要之助と頬隠し頭巾をかぶった老叟《ろうそう》の武士であった。

三浦屋の寮に万筋模様を閉じこめてあった。亡八者数人が見張っている。右近は必ず小塚要之助からの知らせがあると推測して、浄閑寺で待ちうけていた。

応対に出た玄妙は、昨夜、

「来客があるかもしれぬ」

と右近から告げられていたので、本堂へ案内した。

右近が座につくのを待ちかねたように、小塚要之助が口を開いた。

「月ヶ瀬殿、畷川藩江戸留守居家老・尾形鞘音様だ。ぜひとも話がしたいと仰られて、お忍びでまいられた」

尾形鞘音は頬隠し頭巾をとった。白髪まじりで五十代後半とおもえた。丸顔で、目鼻立ちがはっきりしている。穏やかな、気弱とも見える眼差しから看て、右近は、

（温和な性格に相違あるまい）

と判じた。

「尾形鞘音でござる。小塚たちに御助力いただきお礼申し上げる」

深々と頭を下げた。顔を上げ、つづけた。

「浅茅原のこと、小塚から聞き申した。垂駕籠に乗せられていた者は当藩の者ではござらぬ」

「まことか」

「国許にてお勤めにはげむ藩士が、江戸にいるはずはございませぬ。江戸藩邸にては、何の知らせも受けておりませぬ。勝手に国許を離れるはお定めに触れること。御公儀に知れたら畷川藩に何らかのお咎めがあるはず。そのような無謀なこと、藩士たちがするはずがありませせぬ」

右近は無言で見つめた。こころの奥底までも見通すかのような鋭い光が、優しげな眼の奥に燃え立っていた。尾形鞘音は、眼をそらした。

「その者、いかがなされる御所存か」

「斬る。斬って骸を日本橋の高札場あたりにさらすつもりでござる」

尾形と小塚が息を呑み、視線をからませた。

「なにゆえ、それほどまで。武士の情けを知らぬ月ヶ瀬殿でもあるまいに」

尾形の声がかすかに震えた。

「浄閑寺の墓地には吉原遊郭で春を売って躰をすり減らし、死んでいった遊女たちが眠っております。そのなかには、吉原に遊女として買いつけられた、裏長屋に住む母子ふたり暮らしの、唇の左下に黒子のある十七の娘たちもおりまする。巻き添えを食って殺された女や女衒たちも葬られており申す。いずれも何の罪科もない者たちでございまする」

尾形は黙った。眼をしばたたかせた。

「なぜ殺されたのか。蔭に潜む真相を暴《あば》き立て、黒白をつける決意でござる」

「……かかわりのない者たちを殺戮しつづける。見て見ぬふりをすることのできぬ、あまりにも非道極まることかもしれませぬな」

尾形がつぶやくようにいった。それから半刻ほど、尾形鞘音は右近と四方山《よもやま》話をした。

畷川藩の物産のこと。出入り商人の遠州屋との取引のありさま。

「石高の割りに豊かな財政が、領民の暮らしを豊かにしているかどうか。江戸詰めの拙者には歯痒いものがありますがな」

尾形はそういって苦い笑いを浮かべた。死んだ遊女を門前に投げ置いていく吉原と浄閑寺のかかわりのありようを、右近から聞かされた尾形は、

「慈雲和尚と一献くみかわしたいものですな。抱えている心配事があります。それが落着したら、押しかけてまいります」

そういって、微笑んだ。小塚要之助は一言も口をはさまなかった。ふたりの話に、黙って耳を傾けていた。

帰り際に小塚要之助が右近に頭を下げて、いった。

「申し訳ありませぬ。これが身共の精一杯でござった」

「十分でござる。顔あらためをしていただいた者、調べがすみ次第、畷川藩へ引き渡す所存。もし、迷惑でなければの話だが」

「迷惑などと、とんでもない。願ってもない話でござる。なにとぞよしなに」

尾形は、

「いずれ、また」

と笑みを含んで告げた。頬被り頭巾をかぶる。

立ち去るふたりを見送る右近に声がかかった。

「右近の人柄を探りにきたのだな、畷川藩の江戸留守居家老は」

振り向くと慈雲が歩み寄っていた。

「本堂の須弥壇の後ろに潜んでおられましたな」

「おぬしは気づくだろうとおもうていたよ。あのふたりは気づかなんだ。剣の業前はそれほどでもないようだな」

「和尚の気配を消す業、なまなかなものではございませぬ。いつ身につけられたか、と驚いておりました」

「世辞をいいおって。それにしても、江戸留守居家老のあの様子から看て、畷川藩には何やら暗雲がたちこめているようだ」

「尾形殿も、いっておられました。抱えている心配事がある、と」

「わしには此度の首斬り騒ぎと畷川藩の暗雲、蔭で深くつながっているような気がしてならぬ。そうはおもわぬか」

「如何様《いかさま》。手綱を引き締め、一気に攻め込む時機が来たかと」

右近は不敵な笑みを浮かべた。


一夜あけた日の昼ちかく、根岸の寮に遠州屋富吉が現われた。手代たちが引いた、酒肴を積んだ荷車三台をしたがえている。

出迎えた矢崎隆五郎に、満面に笑みをたたえて告げた。

「今夜は酒宴といきましょうぞ。何もかも忘れて無礼講で飲みあかせば、くさくさした気持ちも少しは晴れようというもの。酒と肴は、たっぷりと揃えてきましたでな」

「こころづかい、痛み入る」

矢崎隆五郎は、頭を下げた。

「座敷で呑むより、外のほうがいいのでは。閉ざされた寮のなかより、解き放たれた気になるではありませぬか」

との遠州屋のすすめもあり、庭に茣蓙《ござ》を敷いての酒宴ときまった。

支度に手間取り、酒宴がはじまったのは宵の五つ（午後八時）の時鐘が鳴り終わったころであった。

多くの酒樽《さかだる》と十数種にもおよぶ肴は、ひとところに並べられ、自由にとれるように手配りされていた。

遠州屋は徳利を手にぐい飲みしながら、矢崎らに酒をすすめてまわった。遠州屋は決して樽の酒を口にしようとしなかった。手にした徳利からしか酒を呑まなかった。

「たまには行儀の悪いぐい飲みをたのしみたいのでござりまする。無礼講、無礼講」

と、樽から汲んできた銚子の酒をすすめようとする武士たちをはぐらかした。

遠州屋は満面に笑みをたたえている。おどけて、

「奴《やっこ》さんだよ」

などと奴凧《やっこだこ》の形を真似て、下手な踊りを踊って見せた。が、その眼は、つねに酒盛りを楽しむ一同に注がれていた。

一座に異変が起きたのは小半刻ほどたってからであった。

武士のひとりが喉をかきむしって、血を吐いて倒れた。

「どうした」

と抱き起こそうとした侍が呻いて眼を剝き、口から血を噴き出した。あちこちで呻き声があがり、血反吐《へど》を吐いてのたうった。空を摑み、絶命する。

矢崎隆五郎も例外ではなかった。が、毒のまわりが遅いのかまだ躰を動かす力は残されていた。血を口の端から滴《したた》らせながらも立ち上がった。数歩の距離に遠州屋が立っていた。血を噴き散らし、苦悶に喘《あえ》ぐ地獄絵に気をとられたのか、棒立ちとなっていた。

「おのれ、遠州屋、毒を盛ったな。たばかりおって」

刀を抜き放ち、斬りかかった。

逃れようとしたが転がる死体に足をとられ、転倒した。

「矢崎さま」

「地獄に落ちろ」

わめいて、上段から刀を振り下ろした。その刀を脇から突き出された大刀が受け止め、はね上げた。暗闇から躍り出た黒い影が、大刀を横に振った。矢崎隆五郎の首が切り落とされ、宙に跳んだ。失速し、一気に地面に落下した。撥ねて、転がる。首を失った胴は立ち止まり、そのまま手をかざして、うち振った。首を探し求める仕草にみえた。そのまま崩れ落ちる。

黒い影が血の滴る大刀を右手に下げて、いった。

「遠州屋、命を助けた礼金、高くつくぞ」

「いかようにも。遠州屋富吉、命の恩人への礼を惜しむ男ではございませぬ」

見上げた目線の先に薄く笑った堀田甲次郎の姿があった。振り向いて、怒鳴った。

「何かと目障りだ。止《とど》めを刺せ」

庭木の蔭から、襷《たすき》がけに股立《ももだち》を取った数人の侍が出てきた。大刀を抜きつれる。

「かかれ」

堀田甲次郎の下知《げち》に、侍たちは苦痛に喘ぐ武士たちに駆け寄り、剣先を胸や背に次々と突き立て、止めを刺していった。

堀田甲次郎は刀を手に仁王立ちし、畷川藩の藩士たちが絶命していくさまを、冷ややかに見据えている。

五

閉門間際の吉原大門に血相変えて走り込んできた男がいた。裾を尻端折《しりばしょ》りにした男、盗人あがりの亡八者・左次郎であった。左次郎は盗賊のころ培《つちか》った忍び込みの技をかわれて、張り込むところを遠州屋の根岸の寮に変えていたのだった。

左次郎は、四郎兵衛会所に飛び込んだ。

「大変だ」

奥から顔を出した伊蔵がいった。

「どうした」

「皆殺しだ。畷川藩の侍たちが毒を盛られた。止めを、刺された」

「なんだって」

狐目が大きく見開かれた。

浄閑寺の庫裏の、右近の住まう座敷には真夜中だというのに、灯《あか》りが灯っていた。

右近と伊蔵、左次郎が向かいあって坐っている。

左次郎の話を聞き終え、右近がいった。

「そうか。堀田甲次郎と配下の者たちが、畷川藩の藩士たちに止めを刺したか」

「情け容赦のないやり口でございました。庭木の蔭に潜んで一部始終を見ておりやしたが、背中に冷や汗しきりで、みっともない話でございやすが」

左次郎がおもいだしたのか、ぞっとしたように身震いした。

「死体は裸に剝いて莫蓙にくるみ、荒縄で縛りあげて、酒肴を積んできた荷車に乗せ荒川まで運んで捨てたそうで」

伊蔵がことばを継いだ。

「ひとりを斬り、ひとりを拐《かどわ》かした。そのことが堀田父子と遠州屋に、藩士たちの始末を決意させたのかもしれぬな」

「月ヶ瀬の旦那、奴らの目論見《もくろみ》はどこにあるんでしょうかね。畷川藩の乗っ取りなんて、だいそれたことを企んでるんじゃねえでしょうね」

「伊蔵、いまの話、案外、的《まと》を射ているかもしれぬぞ」

「まさか」

「その、まさか、だ。だが、乗っ取る手立がわからぬ。裏長屋に住まう母子ふたり暮らしの、唇の左下に黒子のある十七の娘。国許の侍たちが訪ね歩くときに、判じ物のように問うていたことに何か意味があるのか」

右近は首をひねった。伊蔵と左次郎が黙って、つぎのことばを待っている。

寂生のときが流れた。

「伊蔵。明早朝、畷川藩上屋敷へ行く。三浦屋の寮に監禁している侍を渡す。駕籠の手配をしておいてくれ」

「手がかりになるかもしれねえ奴をみすみす手放すなんて、いかに月ヶ瀬の旦那のおことばでも、あっしには承服できねえ」

「猿轡がはずされたら即座に舌を嚙んで死ぬ、と覚悟を決めている男だ。口を割ることはあるまいよ」

「責めて責めぬけば、なんとか口を割らせられるんじゃねえかと」

「無理だ。目つきでわかる。剣の腕はたいしたことはないが、人それぞれ取り柄はあるもの。あの頑迷ぶりは尋常ではない」

「しかし」

「畷川藩に身柄を渡し、江戸留守居家老や小塚殿から詳しい話を聞き出す。おれには、それしか手立がないようにおもえる」

「あっしに一度、野郎を責めさせてもらえやせんか。このままじゃ腹の虫がおさまらねえ」

右近は無言で伊蔵を見つめた。伊蔵も見返す。

ややあって、右近が、いった。

「よかろう。ただし、死なせてはならぬ。探索のさなか、亡八者がひとり死んでいる。悔しさはわからぬではない」

立ち上がって、刀架に架けた大刀を手に取った。

「これから三浦屋の寮へ出向こう。おれには時間が惜しい。伊蔵があ奴を責めるは明け六つ（午前六時）までとしてほしい。それでいいな」

「わかりやした」

狐目に獲物を狙う獰猛《どうもう》な獣に似た、凄惨な光が宿った。

真崎稲荷の甍《いらか》と境内の木々が、夜空に黒い影を浮かせている。その光景を望める三浦屋の寮には灯りひとつなく、外見《そとみ》には寝静まっているかにみえた。

が、隠し部屋ともいうべき地下の間には、割れ竹の殴打音が響いていた。呻き声が上がり、割れ竹が振り下ろされるたびに、灯された蠟燭の炎が大きく揺れた。

「野郎、また倒れ込みやがった」

伊蔵が腹立たしげにいった。片膝をついて、万筋模様の胸ぐらをとった。万筋模様は相変わらず猿轡を噛まされ、後ろ手に縛り上げられている。

右近や左次郎、亡八者たちが遠巻きに見つめていた。

万筋模様が口を動かしてみせた。

「どうやら話したくなったようだな。猿轡をはずしてほしいのか」

万筋模様が大きく首を縦に振った。後ろにまわった伊蔵が猿轡の結び目に手をかけ、ほどいた。猿轡がゆるんだとき、万筋模様は勢いをつけて後ろへ倒れ込んだ。下敷きになった伊蔵は、はねのけようともがいた。万筋模様は渾身の力をこめて押さえこみ、舌を噛もうとする。そんな万筋模様の鳩尾《みぞおち》に刀の鞘が突き立てられた。大きく呻いて、気絶する。

ぐったりと乗りかかった万筋模様の躰を押しのけ、半身を起こした伊蔵は、右近が鞘ごと刀を引き抜き、鐺《こじり》で万筋模様を気絶させたのだと覚った。

「月ヶ瀬の旦那、面目ねえ。野郎、おれの責めに耐えられなくなったふりをしやがって、油断しちまった。あやうく大事な人質、死なせるところでした」

「気がすんだか」

「この野郎は絶対に口は割らねえと、よくわかりやした」

「畷川藩上屋敷へ乗り込む。支度に入ってくれ」

伊蔵は大きく首肯した。

右近は、垂駕籠の左右を固めた伊蔵と左次郎とともに、畷川藩上屋敷の門前にいた。朝五つ（午前八時）の時の鐘が鳴り終わろうとしている。

右近は物見窓に声をかけた。障子を薄めに開けた門番は顔を見覚えていた。

「あなたさまは、この間、小塚さまのもとへまいられた……」

「月ヶ瀬右近と申す。小塚要之助どのに御意《ぎょい》を得たい。先日、引き渡すと約束したものをお届けにまいった、とつたえてほしい」

「暫時、お待ちくだされ」

門番は障子を閉めた。門番詰所から人が駆けだしていった気配があった。

ほどなく表門脇の潜り木戸から、小塚要之助が姿を現わした。

「役宅にてお待ち申し上げている、との尾形様のおことばでございました」

右近は無言でうなずいた。

尾形鞘音の役宅は上屋敷の一画にあった。江戸留守居家老は藩主が参勤交代で国許にあるときは、江戸における畷川藩の一切を取り仕切る、いわば最高権力者であった。

中庭に通されたとき、縁側に腰掛けていた尾形鞘音が立ち上がり、深々と頭を下げた。

尾形は着流しの、くつろいだ出立だった。

挨拶を返した右近は、振り向き、いった。

「左次郎、駕籠かきとともに、門番詰所にて待っていてくれ」

「こころづかい、痛み入る。身共が案内いたす」

小塚要之助が、左次郎と駕籠かきふたりをつれて、前庭との仕切りの枝折《しお》り戸を開けて出ていった。

小塚要之助がもどってくるまで、その場にことばはなかった。

鳥の囀《さえず》りが、どこからか聞こえてくる。右近は、その声に耳を傾けた。

ほどなく小塚要之助がもどってきて、尾形鞘音の傍らに控えた。

「伊蔵」

右近が目線でうながした。駕籠のそばに片膝をついていた伊蔵が立ち上がり、むしろ戸を引きあげた。

なかに猿轡を嚙まされ、後ろ手に縛り上げられた万筋模様が坐していた。伊蔵が襟首を摑んで引きずり出す。

尾形鞘音を見上げて、万筋模様が何事かわめいた。猿轡にはばまれて、ことばにならぬ声となった。

尾形鞘音は万筋模様に歩み寄った。その顔に厳しいものがあった。小塚要之助が寄り添うようにつづいた。

「猿轡をはずせ」

「は」

低く応えて、小塚が万筋模様の後ろへまわった。猿轡の結び目をほどく。ゆるんだとき、万筋模様が声を発した。

「江戸家老」

「知らぬ。わしは、そちを、知らぬ」

「海野調所様の命により国許より」

「いうな。畷川藩には、無断で国許を離れる藩士などおらぬ。国許より何の知らせも受けておらぬ」

「われらは密命を帯びて」

「たわけ。畷川藩の藩士を名乗る不届者。無断で国許の藩士が江戸表へ出てきて、秘密の任務を果たしているなどとの風聞が、御上に聞こえたら何とする。畷川藩にお咎めがあるやもしれぬぞ。小塚、成敗いたせ」

「それは……」

小塚要之助には、あきらかにためらいがみえた。

「脇差」

手を出した。小塚が渋々腰の脇差を引き抜き、手渡した。

「何をなされる。身共は、藩命にて」

尾形は、万筋模様のことばを遮るかのように襟元を掴むや、胸元に脇差を突き立てた。

「無体、無体な……」

万筋模様が恨めしげに、尾形鞘音を睨みつけた。

「止め」

尾形が力を込めて、心の臓を切り裂いた。万筋模様が小刻みに痙攣《けいれん》し、やがて、がっくりと力尽きた。

右近は凝然と事の成り行きを見つめていた。伊蔵もまた、修羅場に馴《な》れた者であった。眉ひとつ動かさず、目前の惨劇を見つめている。

脇差を引き抜き、小塚に手渡しながらいった。

「死骸をかたづけよ」

脇差を鞘におさめた小塚要之助が引きずるつもりか、死体の足を持った。

「手を貸してやれ」

右近のことばにうなずいた伊蔵が歩み寄り、万筋模様の肩に手をかけた。

「すまぬ」

小塚が、軽く頭をさげた。

小塚と伊蔵が骸を運び去るのを見とどけて、右近がいった。

「母子ふたり暮らしの、唇の左下に黒子のある十七の娘を知らぬか。いま成敗なされた者や仲間たちが、江戸の裏長屋をまわって尋ねていたことでござる。このことばの持つ意味をお教え願いたい」

「知らぬ、といったら」

右近は、刀の鯉口を切った。

「先夜、お話ししたとおり、知り人にかかわりのある者たちが何人も殺されておりまする。なかには唇の左下に黒子のある娘も含まれております。これらの非道、見逃すわけにいきませぬ。非道には非道をもって報いる。それがそれがしの信条。非道を為す者どもをつき動かす強欲の種は畷川藩にあり。この見立、的を射ておるはず」

尾形鞘音がじっと右近をみつめた。いつもの柔らかな眼差しにもどっていた。

「かかわりのない、罪なき人々が相次いで殺されている。その騒ぎの元は、わしにある」

「何といわれる」

「藩主夏目隠岐守様は双子でお生まれになった。畜生腹を忌み嫌うは武家の習《なら》い。妹たる姫君は、不憫《ふびん》ながら御命を頂戴し闇から闇へ葬るが道理。しかし、わしにはその道理が果たせなんだ。御落胤の証の懐剣と、当分の間、暮らしに困らぬほどの金子《きんす》を心利いた腰元にもたせ、姫とともに、落とした」

「もしや、その姫君の」

「唇の左下に黒子がござった。御年《おんとし》は、御主君と同じ十七歳」

お千代の面影が右近の脳裡に浮かんだ。

——お千代は大身の武士の娘

とのお登勢のことばが甦った。

(まさか、お千代が)

よぎったおもいを右近は、強く打ち消した。

(何の証もないではないか)

が、消しても消えぬ何かが右近のこころに澱《よど》んだ。

(いまさら姫を捜してどうなるというのか)

不意に湧いた疑問が、右近におもわぬことばを口走らせていた。

「……夏目隠岐守様は生来ご病弱との噂を耳にしたが、もしや」

「参勤交代で国許にもどられてまもなく、病の床につかれたそうな。詳しいことはわからぬ」

ことばをきって、右近を見つめた。

「いまは、これ以上のことは、何もいえぬ」

右近は、黙ってうなずいた。


浄閑寺の門をくぐった右近と伊蔵の姿を見かけて、箒を投げ捨て玄妙が駆け寄ってきた。

「一大事、一大事でございます」

血相が変わっていた。

「何か、あったのか」

「お蓮さんが、お蓮さんが、斬られた。かなりの深手のようで」

「なに」

右近は駆けだしていた。伊蔵がつづいた。その背に玄妙のことばが追いすがった。

「庫裏の、いつも和尚さまが般若湯《はんにゃとう》を隠れて呑んでおられる座敷に、寝かされて……」

右近は走った。

(死ぬな、お蓮)

胸中で叫んでいた。照れ隠しにわざと蓮《はす》っ葉《ぱ》に笑った顔が浮かんだ。口を尖《とが》らせた仏頂面のお蓮がいた。縁起物の燧石《ひうちいし》を鉄片と打ち合わせる生真面目な顔つきのお蓮へと、幻影は脈絡なくつづいた。

(不幸に生まれついた女だ。いま死なせてはあまりにも哀れ。死なせてはならぬ。死なせたくない)

なぜ、死なせたくない、とおもうのか右近にもわからなかった。

——この世とみえてこの世ではない世の住人、三途の川の用心棒として生きる道を選んだ右近であった。不幸せな女をこの世で幸せにすることなど、できぬ立場に身を置く者であった。

右近は、噴き出たおもいに戸惑っていた。戸惑いを吹き飛ばすように、右近は、低く叫んだ。

「お蓮、死ぬな」

庫裏がとてつもなく遠くに感じられた。右近は、走った。ただ、走りつづけた。

道約束《みちやくそく》

一

お蓮は床に横たえられていた。駆けつけた右近は、枕元に坐る慈雲に声をかけた。

「和尚、傷の具合は」

振り向きもせずに応えた。

「深手のわりに傷は急所をはずれている。医者の見立てでは今夜がやまだそうだ」

右近は無言で慈雲のかたわらに坐った。つづいて入ってきた伊蔵も一隅に腰を下ろした。

「お蓮、死ぬんじゃねえぞ」

誰にきかせるともなくつぶやいた。

慈雲が右近に眼を向けた。

「昼過ぎにお千代とお蓮がやってきて、お登勢の初七日をしてやれなかった、四十九日もかねて弔ってやりたい、という。なんでもお千代が頼み込んで、情にほだされたお蓮が三浦屋に掛け合って、ここへ来ることができたらしい」

「お千代さんと一緒に来た?」

「そうだ」

「お千代さんはどこにいるのだ。まさか、斬られて死んだ、というのではあるまいな」

「いいや」

そこで、ことばを切った。じっと見つめていった。

「悪党どもめ。事もあろうに浄閑寺の門前近くでお蓮たちを襲ったのだ。お蓮の悲鳴が聞こえたので玄妙たちが助けに走った。肩口を斬られ、血塗《まみ》れとなったお蓮が倒れていただけで誰の姿もみえなかったという」

「お千代さんは、拐《かどわ》かされたのか」

「わからぬ。玄妙たちはお千代の探索よりもお蓮を助けることにこころを注いだ。この座敷に運び込み、同時に修行僧が医者を呼びに走った」

「手当が早かったから命の火が燃え残ったのか」

「あと一刻、いや、半刻遅れたらお蓮は死んでいた、と医者がいっておった」

「旦那、お千代を連れ去ったのは赤鬼の金造一家に違《ちげ》えねえ。伊東行蔵の野郎が、お蓮を叩っ斬ったんだ」

伊蔵が声を荒げた。

右近はじっとお蓮を見つめた。傷が痛むのか、顔を顰《しか》めて呻いた。

右近が、うむ、と小さく首肯した。おのれのこころの迷いを吹っ切るための所作とおもえた。

「……動きを起こすしかあるまい。伊蔵、四郎兵衛会所にいる亡八者たちを走らせ、張り込んでいる者たちから何か変わった様子があったかどうかを聞き取らせるのだ。その次第で救出に向かう先を見極めよう」

「待っておくんなせえ」

伊蔵の発したことばの意味を解しかねて、右近は、訝《いぶか》しげな視線を注いだ。

「月ヶ瀬の旦那、今夜はお蓮のそばにいてやっておくんなせえ。死ぬか生きるかの瀬戸際にいるんだ。万が一のときは、手のひとつも握って、名でも呼んでやってもらいてえ」

右近は、目線を宙に浮かせた。

伊蔵が、いきなり両手をついた。

「このとおりだ。あっしはお蓮を割れ竹叩きの責めにかけた。死ぬかもしれねえ、とおもいながらも叩きつづけた。命冥加《いのちみようが》にもお蓮は生きのびた。命をひろったんだ。それが、こんなことに。旦那。気づいてねえかもしれねえがお蓮は、旦那に」

「伊蔵、わかったよ」

ことばのつづきを断ち切るように右近が告げた。

「お蓮の命の見極めがつくまで、看病の真似事でもさせてもらおう」

「ありがてえ。その間は、頼りねえかもしれねえが、死に物狂いで働かせてもらいやすぜ」

「すまぬ。実は、万が一のときにはお蓮を看取ってやりたい。そうおもっていたのだ。命ぎりぎり、ひとりで生きてきたお蓮だ。せめて死に際だけは、おれひとりでも、そばにいてやりたい、とな」

「旦那。その一言、お蓮が聞いたら、涙を流して、喜びますぜ」

伊蔵が鼻の下を拳でこすった。

「旦那、あっしは四郎兵衛会所にもどりやす」

身軽に立ち上がった。

慈雲が、のっそりと腰を上げた。

「どれ、看病人のかわりができた。右近、お蓮は死なぬよ。いや、わしがこれから仏に祈って、命を永らえさせてみせるわ。三浦屋からお蓮のことは聞いておる。このまま死なせては、あまりにも哀れじゃ」

　そういって手にした大数珠を握りしめた。

　本堂から慈雲の読経の声が洩れ聞こえてくる。すでに深更九つ（午前零時）は過ぎていた。慈雲が座敷を後にしてから、ほどなく祈禱がはじまった。声が途切れないところからみて慈雲は夕餉を食していない、とおもわれた。右近もまた、玄妙が運んできた握り飯を食していなかった。

　お蓮は時折苦しげに呻いた。高熱があるらしく額に載せた手拭いがすぐに乾いた。右近は乾いた手拭いを水で冷やしては、こまめに取り替えた。何度も井戸へ通って釣瓶縄《つるべなわ》を牽《ひ》き、釣瓶に冷えた水を汲み上げてはぬるくなった水を水桶から捨てて、入れ替えた。

　漆黒の空に薄闇がまだらに混じりはじめ、やがて払暁が訪れた。まだお蓮は眠りつづけていた。読経の声はつづいている。右近は、お蓮の額の手拭いに手を当てた。冷たさは失せていた。右近は手拭いをとりあげ、水桶の水で冷たくしては軽くしぼって額に載せた。

　茜色に、東の空が染まっていく。朝の予感に目覚めたのか、鳥たちの囀《さえず》る声が境内のあちこちから聞こえてきた。

　右近は柱に背をもたせかけて眼を閉じていた。

「旦那」

どこか遠くから誰かが呼びかけてきた気がした。か細い声だった。

（お蓮？）

眼を見開いた。視線の先に、右近を見つめているお蓮がいた。

「気がついたか」

「ずっとそばにいて、くださったんですか」

力のない声だったが、お蓮の目には生きている者にある、きらめきがあった。

「よかったな」

微笑みかけた。

お蓮は、微笑もうとして、痛みに呻いた。

「大丈夫か」

お蓮が、小さくうなずいた。伏し目がちの、うぶな小娘のような仕草だった。伊蔵がそばにいたら、きっと、

「何でえ。甘えた目つきしやがって。気色悪いったらありゃしねえや」

と悪態《あくたい》をついたに違いなかった。

「和尚に、知らせてくる。ぶっ通しで、回復を祈禱してくださっているのだ」

お蓮は微笑み、かすかに顎を引いた。

知らせを受け、祈禱を終えた慈雲がお蓮の臥《ふ》した座敷へやってきたのと入れ替わるように、右近は四郎兵衛会所へ出かけた。

四郎兵衛会所では伊蔵が壁に背をもたせかけていた。腕組みをして、狐目を細めて中天を見据えている。

「伊蔵」

呼びかけに顔を上げた伊蔵の顔に不安がかすめた。

上がり框《がまち》の前に右近が立っていた。

「まさか……」

「お蓮が気がついた。それで、和尚と入れ替わって、来た」

「そいつぁよかった」

安堵の笑みが浮いた。

上がり框から座敷に入り、伊蔵の前に坐って、いった。

「お千代さんの手がかり、何かつかめたか」

「そいつが、どうも。どこへ失せたか、さっぱりなんでさ」

右近は黙った。

「実は、左次郎が堀田甲次郎のことで妙な噂を聞き込んできやしたんで」

「堀田甲次郎の」

「奴は交合の最中、女の首を絞める癖があるんだそうで。夜鷹を仕切るやくざ者から、売り物を殺す気か、と迫られ、何度か争いになったようですぜ」

「女の首を絞めるだと」

右近は首を斬られた女衒《ぜげん》とともに殺された女の首に残っていた、絞めた手の跡《あと》を思い浮かべた。

「首斬りも、女たちを絞め殺したのも堀田甲次郎の仕業と看るべきだろうな」

「まず間違いねえかと」

「おれからも、話がある。お蓮が、お千代さんがかばってくれたような気がする、というのだ」

「かばってくれた」

「浄閑寺の塀が切れたあたりにさしかかったとき、塀の蔭から飛び出してきた侍がいきなり斬りつけてきた。悲鳴をあげてよろけたところへ、二の太刀を浴びせようとしたのをお千代さんが腕にとりすがって、止めていた。そんな気がする。そのまま気を失ったのであとのことはわからない。お蓮はそういうのだ」

「お千代が止めた？　まさか。そりゃお蓮の見間違いだ。お千代が止めだてして止まる相手じゃねえ」

「おれも、最初はそうおもった。が、ひとつだけお千代さんにも、人斬りを止めさせられる場合があることに気づいた」

「何ですって」

「お千代さんがお蓮を襲った者たちと示し合わせていた、とすればどうなる」

「それは……」

「聞けば此度の墓参はお千代さんが懇願したものだという。父御が見つかった。会いたくはないか、と誰ぞがお千代さんにひそかに近づき、告げたとしたら」

「身よりのないお千代のことだ。こころが揺らぐでしょうね。何度か熱心に通ってきたら、近寄って来た相手にたいする警戒心も薄らぐはずで」

右近は、遠州屋の番頭あたりが使いの役割をつとめたのではないか、と推《お》し量っていた。大店の番頭風の男が三浦屋の周りをぶらついていたとしても、誰ひとりとして疑う者はいないはずだった。

右近は、伊蔵におのれの推論を語ってきかせ、つけくわえた。

「堀田上総守・甲次郎父子、遠州屋、赤鬼の金造。このなかで一番攻めやすいのは赤鬼の金造だと、おれはおもう」

「それじゃ赤鬼の金造を」

「襲って、拐かすのさ」

「総名主の寮に監禁して拷問する。そういうことですね」

「いや。寮を使うのはよそう。どこぞに空き家となっているしもた屋はないか」

「探しやしょう。なあに、今日中に何とかなりまさ」

「空き家を借りたらすぐに行動にうつる。赤鬼の金造の張込みはつづけているのだろうな」

「抜かりなく」

「仮眠をとろう。寝てないのだろう、伊蔵も」

「枕をならべて、しばしの討ち死にといきやすか。くたびれてぼんやりしてちゃ、おもうように働けねえ」

にやりと薄笑った。

翌夕、赤鬼の金造は子分三人と伊東道場の高弟ふたりを引き連れて下谷広小路を見回っていた。時間をみつけては行なっている縄張り内の見廻りだった。前から浪人が歩いてくる。金造はその浪人に見覚えがある気がした。が、目深くかぶった深編笠で顔が見えない。客でも迎えに出ているのか人待ち顔で立っていた鰻屋の主人が金造に気づき、頭を下げた。

赤鬼の金造は顎をあげて、主人を見下した横柄な顔つきで挨拶を返した。わずかに視線をそらしたそのときに、前から来た浪人と肩が触れた。

「無礼者」

浪人が、いきなり金造の髷《まげ》のもとどりを摑んだ。力まかせに引き倒す。

金造には何がなんだかわからなかった。

「何をしやがる」

もがいた。浪人は微動だにしなかった。ひきずっていく。

「親分に何しやがる」

「待て」

高弟と子分たちが前にまわった。大刀を抜き、匕首《あいくち》をかまえた。

「斬る」

浪人は赤鬼の金造を突き放すや、目にもとまらぬ居合いの早業で、逃げようとした肩に刀の峰を叩きつけていた。呻いて気絶し、倒れこんだ金造を踏みつけた。八双に構えた。

「野郎」

「逃さぬ」

高弟と子分たちが斬りかかった。浪人の刀が左右に振られた。子分と高弟のふたりが喉を斬り裂かれ、のけぞった。妙なる笛の音が鳴り響いた。切り裂かれた首根から噴き出した血汐が、笛と似た音色を奏でていると覚ったとき、残った子分たちの顔に恐怖が張りついた。

「秘剣『風鳴』。月ヶ瀬、右近か」

高弟が、呻くようにいった。

「赤鬼の金造に訊きたいことがあるのだ。邪魔をするな」

右近が再び剣を八双に置いた。残った者たちが後退りしながらも身構えた。が、たがいに顔を見合わせ、動くことはなかった。

「来ぬなら、こちらから行く」

右近が地を蹴った。子分たちの間を駆け抜けながら剣を振るった。左、右、さらに左へと閃光が走った。

右近が振り返ったとき、高弟たちは喉から血飛沫を噴きあげていた。命の笛の音が高く、細く尾を引いて、やがて消えた。男たちが膝を折って崩れた。

見とどけて伊蔵や左次郎、数人の亡八者が現われた。

伊蔵が右近に歩み寄って、いった。

「今朝方借りた空き家に運び込んでおきやす」

「手筈はわかっているな」

「段取りに一分の狂いもありやせんや」

振り返り、左次郎らに顎をしゃくった。うなずいた左次郎たちが気を失っている赤鬼の金造を抱えあげた。

二

堀田甲次郎と伊東行蔵は、土間に横たえられた高弟と子分たちの骸をじっと見据えていた。

深編笠の浪人が用心棒の伊東道場の高弟と子分たちを斬り殺し、峰打ちで気絶させた金造を遊び人風の男たちに担がせて、いずこかへ消えた、との知らせは喧嘩がおさまってまもなく赤鬼一家につたわっていた。知らせに来たのは、赤鬼一家の兄貴分の情婦で、茶屋づとめをしている女だった。女と一緒に馳せ参じた子分たちが見たのは、血塗れとなって絶命している男たちの無惨な姿だった。

兄貴分は、死骸を一家に運び込むと同時に子分を道場に向かわせ、伊東行蔵に急をつたえた。伊東行蔵が赤鬼一家に駆けつけたとき、堀田甲次郎がぶらりとやって来たのだった。

「間違いない。斬ったのは月ヶ瀬右近だ。喉笛を切り裂くのは、奴の得意とする技だ」

そういった伊東行蔵を横目で冷ややかに見て、堀田甲次郎が告げた。

「なぜ赤鬼の金造を拐かしたか。それも、あえておのれの仕業とわかる技を使って、だ。月ヶ瀬右近の狙いはどこにあるかわかるか」

「何をいいたいのだ」

「奴は、おれたちがお千代を拐かしたと睨《にら》んでいるのだ。おそらく、あんたが止めを刺さなかった女が息を吹き返し、浪人から斬られたと話したに違いない」

「あれは仕方がない。お千代が躰を張って止めに入った。騒ぎを聞きつけて浄閑寺の坊主たちが駆けつける恐れもあった。だからお千代に当て身をくれ、金造の子分たちに担がせて急いで立ち去ったのだ」

「以前、お千代を殺そうとしたそうだな」

「赤鬼の金造の依頼でな。隠し売女《ばいた》狩りの報復だといっていたが」

「金造も迂闊な奴だ。あんたに拐かしの用心棒を頼むとはな。おかげでお千代は警戒心を露《あら》わにして、おれたちを信じようとはせぬ」

「何をいいたいのだ」

「役に立たぬ用心棒殿だ、といいたいのよ。お千代を拐かした直後だ。いつも以上に警戒するのが武士たる者の心得ではないか。それを弟子など差し向けるからこんなことになるのだ」

「偉そうな口を利くな。貴様に何がわかる」

顔つきが剣呑なものに変わっていた。

堀田甲次郎が皮肉な笑みを向けた。

「いずれにしても、月ヶ瀬右近は赤鬼の金造をわざと逃がすはずだ」

伊東行蔵が訝しげに顔を歪めた。

「みごと逃げおおせたと信じた金造は、どこへ行くとおもう？　奴にとって一番安全なところはどこだ。ここか、それともおぬしの伊東道場か」

「それは、やはり、堀田殿の屋敷しかあるまい」

「おれも、そうおもう。金造は、のこのことおれの屋敷へ向かってくる。あ奴と亡八者たちがその後を尾ける」

「奴を襲って、赤鬼の金造を奪い返そう。攻撃は最大の防御だ」

「月ヶ瀬右近の所在がわかっているのか。まず浄閑寺にはおるまい。どこにいるかわからぬ奴を捜すなど、雲をつかむような話ではないか」

「それは……」

「奴は必ず金造とともに来る。おれの屋敷近くで待ち伏せるのだ」

「おれが月ヶ瀬右近と勝負をする。おぬしは金造を守ってくれ」

「よかろう。おれもそうしようとおもっていたのだ」

堀田甲次郎は意味ありげに薄笑いした。

吉原田圃外れの百姓家に金造は監禁されていた。気絶から覚めたのは夕陽が腰高障子を赤く染めたころだった。板の間で見張りの亡八者たちが酒を酌みかわしている。逃げ出すはずがない、と高をくくっているとしかおもえぬ騒ぎようだった。

喰らった峰打ちで右の肩口が腫れ上がっていた。動かすだけでも脂汗が出るほどの痛みがあった。肩の具合から看て、腕を自由に動かすことはできまい、と判断したのか、縛られていたのは両足首だけだった。

浅草寺の鐘が夜五つ（午後八時）を告げた。様子を見にくる時刻だったのか亡八者のひとりが近づく足音が聞こえた。金造は目を閉じ、気を失っているふりをした。

手荒く板襖が開けられた。入ってきた亡八者が金造をのぞきこんだ。酒の臭いがした。

「まだ正気づいてねえ。まさか死んじまったわけじゃあるめえな」

傍らに片膝をつき、金造の鼻に手をかざした。

「息をしてらあ。大丈夫だ」

亡八者はよろけながら立ち上がり、千鳥足で出ていった。

金造はそのまま動かずにいた。酒盛りが再び始まったのをたしかめ、半身を起こした。痛みに声をあげそうになったのを懸命にこらえた。左手で足首の結び目に触れてみる。かなりきつく縛ってあった。金造はなんとかほどこうとさまざまな手立を試み始めた。

（正気づいたとわかったら拷問されるに違いない。たとえいわれるがままに喋《しゃべ》ったとしてもいずれ殺される）

恐怖心が金造を駆り立てていた。縄を解くことに躍起となった。やがて、縄目がゆるんできた。金造は痛みに顔を顰《しか》めながらも右手を使い始めた。かなりのあいだ、結び目との戦いがつづいた。

縄が解けたとき、金造は、

(どこへ逃げればいいか)

と考えつづけた。おのれの住まいはもっとも危険だった。伊東道場も頼りにならない。残るは堀田上総守の屋敷だった。

(そこしかない。天下の大目付を相手に喧嘩を仕掛けてくる奴もいねえはずだ)

金造は耳を澄ました。騒ぎはつづいている。

(奴らは油断しきっている。酔いつぶれるかもしれない。そのときに逃げ出す)

金造は足に縄を巻きつけ、解けていないかのように偽装した。横になり、気絶したふうを装った。


ほどなく四つ半(午後十一時)にさしかかろうというころ、赤鬼の金造は駿河台下の堀田上総守の屋敷に向かっていた。背後を振りかえる。尾けてくる者はいなかった。亡八者たちが酔いつぶれたのを見計らって百姓家を抜け出した。浅草へ出るのは亡八者たちの目が光っていて危険な気がした。田圃づたいに上野へ抜け、聳《そび》える神田明神の甍《いらか》を横目にみながら神田川に架かる昌平橋を渡った。履き物を履いていないことも気にならなかった。夜の道である。薄明かりで、足下も定かに見えなかった。

昌平橋を渡って右へ折れた。まもなく堀田上総守の屋敷というあたりで、走ってくる足音が響いた。

ぎくり、と顔をひきつらせた赤鬼の金造に声がかかった。

「やっぱり親分だ」

金造が目を凝らすと子分のひとりが立っていた。子分が何の合図か大きく手をまわした。数人の男たちが駆け寄ってくる。なかに堀田甲次郎と伊東行蔵の姿があった。

「その様子じゃ逃げ出すのにだいぶ苦労をしたようだな」

伊東行蔵が問いかけた。

「見張りの奴らが酔いつぶれたんで、隙《すき》をみて逃げ出してきたんでさ。尾行されてる様子はねえ。ちょろい奴らで」

「そうかな」

堀田甲次郎が、金造がやって来た方を目線でしめした。

見やった赤鬼の金造の顔が驚愕に歪んだ。

月ヶ瀬右近がゆっくりと歩み寄ってくる。

「逃げたのではない。わざと逃がしてくれたのだ。おまえがどこへ行くか、見極めるためにな」

堀田甲次郎が右近に目を向けたままいった。

「何のために、そんな手のこんだことを」

「お千代の行方を探るためだ。奴らは拐かしたのはおまえだと睨んでいる」

「そうか。付き添っていた女付馬《つけうま》が息を吹き返したのか。伊東先生、あんたがお千代に止められて妙な仏心を起こしたから、こうなったんだ」

「親分、そいつはいいっこなしだ。あのときはあんたも」

伊東行蔵のことばを堀田甲次郎が遮った。

「伊東先生、あんたの出番だ。こんどこそ奴と勝負をつけるんだな。おれは、親分を安全なところへ案内する」

伊東行蔵が殺気をみなぎらせて首肯した。刀の鯉口を切った。月ヶ瀬右近へ向かって、歩きだした。

右近が足を止めた。

「訊く。お蓮を斬ったのは、おまえだな」

「だったら、どうだというのだ」

大刀を抜きはなった。

右近は片頬に冷ややかな笑みを浮かせただけだった。刀を抜き、右下段に構えた。伊東行蔵は大上段に振りかぶり、斬りかかった。右近の動きは意外なものだった。斜め前方へ跳んで振り下ろされた刀をはね上げ、そのまま伊東行蔵の脇をすり抜け、一気に赤鬼の金造めざして走った。

意外な成り行きに眼を剝《む》いた金造が、身を竦《すく》めて棒立ちとなった。

「逃がさぬ」

右近が刀の峰を返して打ち据えようとしたとき、堀田甲次郎の抜き打ちが襲った。身をかわして、横へ跳んだ右近が見たものは、返す刀で赤鬼の金造を袈裟懸けに斬り捨てた堀田甲次郎の姿だった。

断末魔の絶叫を発して、赤鬼の金造が血飛沫を散らして、倒れこんだ。

「赤鬼の金造、永久に渡さぬ」

堀田甲次郎が酷薄に薄笑った。

「死人に、口なし、か」

右近が低くいった。

「なぜだ。なぜ、赤鬼の金造を」

逆上した伊東行蔵が堀田甲次郎に迫った。

「奴には渡せぬ。赤鬼の金造、一家を構える男にしては口が軽い」

「おのれ、許せぬ」

斬りかかった。

「やるか」

堀田甲次郎が鎬《しのぎ》で受けた。鍔迫《つばぜ》り合いとなった。睨み合い、肘をぶつけ合って跳び下がった。

右近は戦うふたりに油断なく視線を注ぎながら、赤鬼の金造に忍びよっていた。膝を折り、声をかけた。

「金造、言いのこすことはないか」

呼びかけに微かに眼を見開いた。苦しい息の下で、喘《あえ》ぎながら、いった。

「汚ねえ。おれを、使い捨てに。お千代は、畷川藩……堀田甲次郎の」

そこまでだった。激しく痙攣するや力尽き、おのれがつくりだした血の池にどっぷりと顔を沈めた。

右近はぐるりに視線を走らせた。赤鬼の金造の子分たちの姿はなかった。雲を霞《かすみ》と逃げ去ったに違いなかった。

堀田甲次郎は正眼に、伊東行蔵は下段正眼に構えて対峙していた。

「金造は死んだ。おれと命のやりとりをしても一文にもならんぞ」

皮肉な物言いだった。伊東行蔵の顔が怒りに朱《あけ》に染まった。

「大身の旗本の家に育った貴様にはわからぬ。おれには剣しかない。剣を飯の種にして生きるには、やくざの用心棒や人斬りに手を染めるしかなかった。金造は、おれにとって大事な金蔓《かねづる》だった」

「おれが、金蔓になってやってもいいぞ」

「断わる。おのれの都合で仲間を斬るような奴、信用できるか」

「そうか」

「何不自由なく剣の修行を積んだ貴様が勝つか、日々のたつきに事欠きながらも必死に錬磨したおれが勝つか。勝負だ」

裂帛《れっぱく》の気合いを発して斬り込んだ。堀田甲次郎が横に跳んで身をかわして、せせら笑った。

「屁《へ》理屈をいうな。腐れきった根性で学んだ剣。まっとうなものであるはずがないわ」

「おのれ、雑言《ぞうごん》、許さぬ。刀の錆《さび》にしてくれるわ」

吠え、大上段に振りかぶるや、斬り込んだ。堀田甲次郎は鎬で受け、力勝負の鍔迫り合いとなった。巨軀を利して、堀田甲次郎が刃先を伊東行蔵の肩口に押しあてようとした。察して、伊東が後ろへ跳び下がった。勝負は五分とみえた。

（長引くか、打ち合えば、堀田甲次郎が勝つ。体力が、勝っている。日々の鍛錬の差だ）

右近はそう看た。勝負の結果に興味はなかった。どちらが勝っても、敵がひとり減るだけのことにすぎない。勝負から眼をそらすことなく、後退った。

（お千代は堀田上総守の屋敷に監禁されている。まず間違いあるまい）

金造の最後のことばから、そう推量していた。お千代の居場所の目当てがついた以上、長居は無用だった。堀田甲次郎と伊東行蔵に警戒の視線を注ぎつつ、その場から遠のいていった。

決して襲われることのない間合いに達したとき、右近は踵を返した。跳び離れて、睨み合ったまま身じろぎひとつしなかったふたりが、その動きをきっかけとしたかのように寂生の気を破って、打ち込んだ。右近は、迸《ほとばし》った凄まじい殺気を背中で感じとっていた。皮膚が切り裂かれたかとおもえるほどの、烈々たる殺気だった。背後で鉄《かね》を激しくぶつけあう金属音が響いた。斬り合っては離れ、再び斬り結ぶ。剣戟音が間断なくつづいた。

わずかな間があいた。

右近が振り向くと、刀を杖代わりに懸命に躰を支える伊東行蔵の姿があった。どこぞを斬られたとみえた。堀田甲次郎の大刀が大きく横に振られた。

伊東行蔵の首が宙に飛んだ。首根から血が噴きあげた。首のない伊東行蔵は、よろけて、そのまま横倒しに倒れた。伏した躰を追うように首が背中の脇に落ちて、転がった。

堀田甲次郎が刀を鞘におさめたのをみとどけ、右近は視線をもどした。前方に、物陰から現われた伊蔵が待ち受けている。尾行に気づかれたときにそなえて、二段構えとした策の後衛を担っていたのだった。合流すべく右近は足を早めた。

堀田家上屋敷の、奥の座敷にお千代は監禁されていた。

(誘いに乗るべきではなかった……)

気が重かった。この先どうなるか、皆目見当がつかなかった。大店の番頭ふうの男が、三浦屋の店先で水まきをしていたお千代に声をかけてきたのがはじまりだった。十日ほど前のことである。道をきくような格好で近寄ってきた男が、声をひそめていった。

「お千代さんだね」

うなずくと男は、遠州屋の番頭だ、と名乗った。

「父御に会いたくはないかね」

お千代にはにわかに信じがたい話だった。番頭は、

「小石川養生所で噂を聞いたんだ。おっ母さんの名はお登勢さんだね」

お千代がうなずくと、番頭は、

「間違いない」

といった。

お千代はお登勢が事あるごとにいっていたことばをおもい起こしていた。

「おまえのお父《と》っさんは身分の高いお人なんだよ。そのお父っさんに恥じない生き方をしなきゃいけないよ」

どこの誰かと問いただすと口を濁したものだった。

身よりのない身である。いまは父の消息が聞こえてきたというだけでも嬉しかった。

「抜け出せないかね」

首を横に振ると、

「三浦屋さんにはいえない話だ。損になる話、いい返事が返ってくるはずがない。どうしたものか」

首を傾げた番頭は、

「またくる」

といって帰っていった。

番頭は三日と空けずやって来た。お千代は少しずつ信用していった。四度目の出会いのとき、番頭が、

「お登勢さんの墓参りにかこつけて吉原の外へ出られないか。墓参りを終えたあと、浄閑

寺の前で待ち合わせる。そうしないか。返事は二日後に」

と申し入れてきた。お千代はうなずいていた。

——お父っさんに会いたい
とのおもいが募っていた。お千代は日頃から気にかけてくれるお蓮に相談した。お蓮は二つ返事で引き受けてくれた。三浦屋を説得してくれ、一緒に浄閑寺へ出かけることになった。

「そのお蓮さんが、斬られたのだ」

斬ったのは、かつてお千代の命を狙った伊東行蔵だった。お千代は必死に止めた。が、当て身をくわされ、気絶してしまった。

気がついたらこの屋敷へ連れ込まれていた。

「お父っさんに会わせてやるというのも嘘かもしれない」

お千代は独り言《ひとりごと》ちていた。

その声に応えるように、

「嘘ではない」

と、声がかかるや、隣室との境の襖が開けられた。顔を上げると、着流し姿の堀田甲次郎が立っていた。

る のだ」

淫《みだ》らにほくそ笑んだ。

お千代は怖《お》じ気立った。立ち上がり逃げようとした。堀田甲次郎は素早かった。襟首を摑むや、引き倒した。のしかかった堀田甲次郎はいきなり、もがくお千代の喉に手をまわした。首を絞める。お千代は苦悶に呻いた。

「おれは首を絞めながら女を犯すのが好きなのだ。躰が硬直し、突っ張る。肉の柔らかさが際だつ、その感触がたまらないのだ」

舌なめずりせんばかりに、いった。首を絞める手に力がこもった。

お千代は意識が遠のくのを感じた。堀田甲次郎の手が首からはなれた。朦朧《もうろう》とする意識のなかでお千代は、着物の裾が大きく左右に引き剝《は》がされるのを感じた。胸元もはだけられた。白い腹からつらなる、ふっくらと盛り上がった陰阜《いんぷ》を覆う黒々と繁った春草が、お椀を伏せたかたちの大きめの乳房が、さらけ出された。堀田甲次郎が両膝をつかんで力まかせに押し広げた。股間におのが躰を分け入らせる。

堀田甲次郎のものがお千代の秘所に押しあてられた。逃れようとかすかに腰を浮かしたとき、陰《ほと》に激痛が走った。

お千代は悲鳴に似た声をあげた。堀田甲次郎の手が再び首にかかった。絞め上げる。

お千代は息のできぬ苦しさと間断なく襲う痛みに呻き、のたうった。

三

遠州屋富吉が何の前触れもなく畷川藩上屋敷を訪ねてきた。これまでになかったことであった。尾形鞘音あての一通の書状をたずさえている。大目付・堀田上総守からのものだった。

「夏目隠岐守様の御妹君、先代の御落胤たるお千代どのと次男・甲次郎、縁あって、このたび妻《めあ》わせ候。御落胤の証拠の品たる懐剣と守り袋、まさに揃い候。隠岐守様の病状悪化し、明日をも知れぬ命との風聞漏れ聞き候。畷川藩の行く末につき密かに相談いたしたく……」

書状を読み終え、顔を上げて向かいあう遠州屋を見つめた。

「堀田様のご都合にあわせる。いつ、どこへ行けばよいのか、手配してくれ」

「善は急げと申します。今夕暮れ六つ（午後六時）、深川の料理茶屋「清流」においでくださいませ。私めは、これより大目付さまの御屋敷へ走り、このことをおつたえ申しまする」

一息おいて、いった。

「書状にも書いてありますようにあくまでも秘密のこと、後日の証となる書状、必ず返していただき持ち帰るように、との大目付さまのおことばでございました」

遠州屋は尾形鞘音から書状をおしいただき、

「それでは、のちほど」

と深々と頭を垂れた。

遠州屋が立ち去ったのちも、尾形鞘音は接見の間に坐していた。

(来るべきものが来た)

とのおもいが強い。

尾形鞘音は、畜生腹《ちくしょうばら》を忌み嫌う武士の習わしにしたがい、夏目隠岐守の双子の妹にあたる姫君を、ひそかに処分する役目をいいつかった者であった。主命に背いて命を助け、いずこかへ落とした。少なくとも世間にはそうおもわせてきた。

「お千代という娘が、姫君でないことだけは、たしかなのだ」

尾形は口に出して呟いていた。尾形は、姫君がどこにいるか、知っていた。が、そのことを表沙汰にするには、いささか不都合があった。迷いつづけているうちに堀田上総守からの書状が届いたのだった。

堀田上総守の狙いはあきらかだった。

――畷川藩の乗っ取り
である。

（病弱の御当主を隠居させ、御落胤である姫君に養子を迎えて新たな城主とする。姫君にはすでに夫がある。その夫の名は堀田甲次郎。七千石の大身旗本の次男坊だ。まさしく乗っ取り以外の何ものでもない）

相手は大目付である。嵩《かさ》にかかって横車を押してくるのはあきらかだった。

「負けぬ」

ともすれば怯《ひる》むこころを奮《ふる》い立たせるために発したことばだった。いかにすればこの難局を脱しうるかを思案しつづけた。

深川の料理茶屋［清流］は永代寺《えいたいじ》門前町にあった。堀川に面した二階の座敷の上座に堀田上総守、脇に堀田甲次郎、向かいあって尾形鞘音。少し下がって遠州屋富吉が坐していた。尾形鞘音に付き従ってきた小塚要之助ら三名の畷川藩士は、

「用談がすむまで別室にて」

と、迎えに出た遠州屋に案内された座敷で控えさせられていた。

堀田上総守は尾形鞘音が座につくなり、告げた。

「次男の堀田甲次郎だ。先君の御落胤お千代殿の夫でもある」

「堀田甲次郎と申す」

軽く顎を引いて、いった。頭を下げようともしない、傲岸不遜の態度といえた。

「畷川藩江戸留守居家老、尾形鞘音でございまする」

頭を深々と垂れた。顔を上げて、つづけた。

「此度のこと、おもいもかけぬ話にて、ただただ驚いております」

「さもあろう。わしも、同じおもいじゃ。この甲次郎めが、こともあろうに長屋に住まうお千代なる町娘に懸想《けそう》しおっての。妻にできねば家を出る、という。親も捨てると抜かすほどの、のぼせようでな」

尾形鞘音は無言で堀田上総守のことばに聞き入っている。

「柳生新陰流免許皆伝の自慢の倅《せがれ》じゃ。家を捨てさせるわけにもいかず、お千代を当家の用人の養女といたし、内輪で祝言をとりおこなった。お千代が父母の形見として嫁入りの折り、持参した懐剣と守り袋があっての。守り袋をあらためたところ、畷川藩先代の御落胤との事実が判明したのじゃ」

「これが懐剣と守り袋じゃ」

　堀田甲次郎が傍らの袱紗《ふくさ》包みを手に取り、尾形鞘音の前に置いた。袱紗を開くと、なかに懐剣と守り袋があった。懐剣の柄には、畷川藩夏目家の家紋である違鷹羽《たがえたかのは》が金細工で刻み込まれていた。

「あらためなさるがよい」

　堀田上総守がいった。尾形鞘音は守り袋を手にした。紐をゆるめて、なかから四つ折りにされた古びた紙切れを取りだした。開くと、

「千代儀、まさしく我が子也。後日の証のために一筆参らせ候。夏目周防守高綱」

　署名の下に花押《かおう》が記されていた。末尾に記された日付も生まれて数日後のものであった。

　尾形鞘音は書付を凝視していた。筆跡も花押も夏目周防守のそれと酷似していた。が、あきらかに違っていた。家督を継ぐまでは小姓、お側衆として側近くに仕えた尾形鞘音だからこそ知りうる、夏目周防守の書き癖が見あたらなかった。筆勢に、歯切れの悪さがあったのだ。一気に撥《は》ねるところをゆっくりと筆を持ち上げていく。そのために墨跡が消えるように細まるのが、つねにぼつりと切れたような形となっていた。

　尾形鞘音は、

「たしかに拝見仕りました」

とだけいい、書付を四つに折り、守り袋にもどした。懐からとりだした懐紙を口にくわえた。懐剣を手に取り、抜いて、あらためる。しばし、見据えていた。懐剣は大きく刃文を躍《おど》らせていた。鈍い光のなかに、ぞっとするほどの冴えた煌《きら》めきがあった。懐剣を鞘におさめ、袱紗に置いて、いった。

「まさしく夏目家の家紋入りの品。それもかなりの名品。よほど高価なものかと」

「わしも、そうおもう。求めれば五百両の値がつく代物《しろもの》とみた。これほどの懐剣、生まれながらの長屋暮らしの者には持ち得ぬ品。そうであろうが」

返答を求めた堀田上総守に、尾形鞘音は無言で首肯した。遠州屋に視線をうつした。

「遠州屋。そちが堀田様と懇意であったとは、いままで知らなんだ。顔の広さには驚くかぎりじゃ」

「商人とは卑しきもの。商いの臭いを嗅《か》ぎつければ唐天竺《からてんじく》までも出かけていくさもしい性《さが》を持ち合わせております。その先のひとつでお会いしたとおもいくださいまし」

満面に笑みをたたえた遠州屋に、尾形鞘音は目線で応えただけだった。

「ところで尾形殿、畷川藩としては、此度の御落胤騒ぎ、いかがなさる所存か」

堀田上総守が問いかけた。

「それは」

「このままますわけにはいくまい。また、わしも、すますつもりはない」

尾形鞘音は黙った。

「支配違いとはいえ大目付のわしにも畷川藩のことは洩れ聞こえてくる。当主・夏目隠岐守様においては長の患い、明日をもしれぬ病状とな。公儀においては噂の真偽を確かめるべく国許へ隠密を差し向けられたそうな」

「公儀隠密を」

「隠密の復申《ふくしん》は、噂は真実とのことであった、と聞いておる。幕府財政建て直しに躍起の御老中・田沼意次様においては畷川藩を取り潰す好機と策を練っておられる」

「田沼様が」

「そうだ。いまや畷川藩の行く末は風前の灯火ともいうべきかもしれぬな」

「……まさしく御落胤が必要なとき。だが、しかし」

「何を迷う。畷川藩を救う道はただひとつ。当主の御妹君にあたるお千代を甲次郎ともども藩へ迎え入れることじゃ。他家へ嫁いだとわかると何かと面倒。甲次郎との婚儀は伏せてつかわす。甲次郎を姫君付き添いの者として扱えば、つねにそばにいても不自然ではない。夏目隠岐守殿に万が一のことがあったとしても姫君に養子を迎えると上申いたせば公儀も認めざるを得ぬ。わしも力になってやる」

「跡目相続が許された折りは甲次郎殿を養子としてお迎えする。そういうことでございまするな」

「そうじゃ」

文句があるかといいたげに堀田上総守が見据えた。堀田甲次郎は眼を細めて、反応をうかがっている。

「どういたしたらよろしいのか、ただただ困惑あるのみで」

首をひねった。

「わしが知恵を貸してやろう」

堀田上総守が高圧的に告げた。

「どのような」

「いきなり上屋敷へというのは藩士たちへの配慮を考えるとちと乱暴であろう。まずは中屋敷へ姫君を迎え入れるが妥当なとこではないか。時を見て、姫君の存在を世間に知らしめる。藩邸に入られて二、三カ月も時をおけば無理のない流れとなるのではないのかな」

尾形鞘音は、再び首をひねった。

「不服か」

堀田上総守の声が尖《とが》った。

「不服などとんでもありませぬ。ただ中屋敷よりは、下屋敷のほうが何かと刺激が少ないかと、そう考えましたので」

「下屋敷か」

こんどは、堀田上総守が首をひねる番だった。うむ、と唸って、いった。

「よかろう。御落胤の下屋敷への乗り込みは五日後といたそう。支度をととのえられよ」

「五日後、でございますか」

「時は金なり、という。無為に時をかけるわけにはいくまい。明日にも、夏目隠岐守様が逝去なさるかもしれぬ。病の身だ、何が起きても不思議はない。大目付としての役目柄、跡目を相続する者のおらぬ藩の取り潰しの動き、何もなしでは止めだてすることもできぬ」

「国許には先君の弟君がおられまするが」

「たわけ。国家老・海野調所が僧籍に入られた弟君を擁立すべく御落胤をなき者にしようと画策し、江戸に刺客を送り込んだこと、すでに耳に入っておるわ」

遠州屋が横から、いった。

「正式に披露したわけではありませんが、甲次郎さまの妻となられたお千代さまの実家筋の内紛、公にしては大事に至ると案じられた大目付さまが、国許から放たれた矢崎隆五郎さまら御落胤暗殺の密命を受けて江戸入りなされた方々を、ひそかに成敗なされたのですぞ」

「わしも存分に柳生新陰流の腕を振るった」

堀田甲次郎が胸を反らした。

「田沼様は幕府の財政を豊かにするためにはいかなる理不尽も、非情かつ冷徹に押し進められるお方だ。甘くはないぞ。どうするのだ」

堀田上総守が重ねて、迫った。

尾形鞘音はすでに包囲網が狭められていることを察した。

「委細承知仕りました」

平身し、畳に額をすりつけんばかりに頭を下げた。


尾形鞘音は一晩、まんじりともしなかった。お千代という娘は畷川藩には一切かかわりのない者であると、おのれ自身がよくわかっていた。生涯口にすることはあるまい、と判じて為した秘め事であった。いま、そのことを口にすれば藩に混乱が起きることは必至であった。表沙汰にしたときは、

（尾形鞘音に藩乗っ取りの野望あり）

と忠義に酔いしれた、後先の見えぬ軽挙の藩士たちに暗殺を仕掛けられる恐れもあった。おのれひとりのことですめばよい。が、家族親族に累が及ばぬとの保証はなかった。

「そうなれば、すべてが終わる」

おもわず口にだしたあと、

（何としても藩を守らねばならぬ。このまますすめば堀田上総守の畷川藩乗っ取りをみすみす許すことになる）

との強いおもいが湧いてくる。あのときの、おのれの判断の甘さをおもいしらされていた。

（どうすればいいのだ……）

出るのは溜息ばかりであった。

翌朝、小塚要之助が、

「月ヶ瀬右近殿がおいでになられて、江戸家老様にぜひにもお会いしたいとの由でございますが」

とうかがいをたててきた。

「月ヶ瀬殿には何かと面倒をかけておる。会わずばなるまい。拙宅へ案内してくれ」

そう応えたあと、あることをおもいついた。突拍子もない考えだったが、他に何の手立てもない以上、試してみるしかなかった。

(月ヶ瀬殿がどう看られるか。月ヶ瀬殿の探索とわが藩の騒ぎ、つながっているはず。わしのおもいつかぬ、よき知恵を授かるかもしれぬ)

藁《わら》にも縋《すが》るおもいだった。右近の見方次第では、

「すべてを語り、相談にのってもらう」

との、覚悟を決めていた。右近の洞察する力を探る段取りを組み立て始めた。

接見の間ではなく奥の座敷へ右近を招じ入れた尾形鞘音は、一隅に控えた小塚要之助に、

「すまぬが席をはずしてくれ」

と告げた。小塚は、訝しげに眉を顰めたが一礼し、退出した。

「わたしが人払いをお願いするところでした」

右近がいった。

「わが藩にかかわる悪い噂でも耳にされましたかな」

「お千代なる娘のこと、心当たりはございませぬか。唇の左下に黒子《ほくろ》のある、十七になる

娘でござる」

「お千代？　知らぬこともない」

「畷川藩にかかわりがある者、でございまするか」

「ない」

きっぱりとした口調だった。

「そのお千代なるもの、いま、大目付・堀田上総守の屋敷にとらわれている様子。いささか縁ある者、できれば救い出したいと」

尾形鞘音はじっと右近を見つめた。視線を宙に浮かせる。思案を決めかねているようにもおもえた。ややあって、腰を浮かせて、いった。

「菊乃《きくの》、茶を持て」

右近は、脈絡のない尾形鞘音の動きに奇異なものを感じた。凝視する。所作のひとつも見逃すまいとの強い意志がその眼にあった。

お千代と同じ年頃の武家娘が腰元をしたがえて茶を運んできた。

「わしの娘じゃ。菊乃と申す」

右近の前に茶を置いた武家娘、菊乃が恥じらうように微かな笑みを浮かべた。頭を下げた右近の眼が見開かれた。菊乃の唇の左下に黒子があった。

菊乃たちが立ち去ったあと、尾形鞘音を直視して右近がいった。

「まさか娘御が」

「その、まさかでござる」

尾形鞘音は事の経緯を話し始めた。

時は十七年前に遡《さかのぼ》る。先君・夏目周防守の奥方が出産した。嫡子の誕生に藩は浮き立った。が、その蔭で頭を抱えた者たちがいた。他ならぬ夏目周防守と尾形鞘音、お産に立ち合った医者たちである。奥方が産み落とした子は男女ふたりであった。畜生腹を忌み嫌うは武家の習いであった。

姫君はひそかに始末することが決められた。が、不憫におもったか夏目周防守は出生を記した書付を入れた守り袋と家紋入りの懐剣を後日の証として姫君に与え、尾形鞘音にその行く末を託した。同じころ、尾形鞘音の妻も子を産んでいた。が、生まれ落ちて数日も経ずして、高熱を発して他界していた。尾形鞘音は我が子の死を世間に伏せ、姫君を我が子として育てることを決意した。

尾形鞘音は姫君を腰元に託し、どこぞへ落としたかのように見せかけた。後日、姫君をめぐって揉め事が起きることを怖れた尾形は、さまざまな画策をほどこした。あえて姫君をひそかにどこぞへ逃した。姫君は存命している、との噂を流布《るふ》した。

その風聞は畷川藩においては公然の秘密として扱われていた。

「そのお陰でいままで菊乃を姫君と疑う者は、誰ひとりおりませなんだ。わしも、いずこかにおわす姫君と同じく、わが娘の唇の左下にも黒子があるとはわが妻も酔狂が過ぎた女でござるよ、とあえて口にし、笑い飛ばしてきたのでござる」

尾形鞘音の妻女は十年前に他界していた。夏目周防守の奥方は産後の肥立《ひ》ちが悪く、子を産んで半年足らずでこの世を去っている。三人の側女《そばめ》を置いたが、その後、夏目周防守が子宝に恵まれることはなかった。

「御当主・隠岐守様が御病弱でなかったら、何事もなく日々平安に過ごし得たでありましょうに」

尾形鞘音はそういって眼をしばたたかせた。

小塚要之助らに裏長屋を歩きまわらせ、唇の左下に黒子のある十七の娘を探らせていたのは、実は、海野調所の密命を帯び、国許からひそかに江戸へ出てきた藩士たちの動きを探るためであった。尾形と気脈を通じる国許の藩士が、海野調所のめぐらす陰謀を逐一知らせて来ていた。その知らせによって尾形は藩士たちの隠密行を知ったのだった。国許から出てきた藩士たちの潜む場所を見つけだして説得し、国許に帰らせる。説得に応じぬときはひそかに処刑する、との覚悟を決めての探索であった。

話が大目付・堀田上総守との会談のなかみに及んだとき、それまで話に聞き入っていた右近がはじめて口をはさんだ。

「お千代のことを、堀田甲次郎の妻ともうしましたか。妻、と……」

（お千代は甲次郎に凌辱されたのだ）

右近は推断した。が、

（三浦屋で遊女として奉公すると決まったときから、お千代の躰はおのれのものではなくなっていたのだ。ようは、このあと、どう生きるか、すべてはこころ次第）

とおもいなおしてもいた。お蓮と高尾太夫の顔が脳裡をかすめた。ふたりとも、与えられた運命《さだめ》のなかで力の限り生き抜いている。右近は、ふたりにお千代の姿を重ねあわせた。

尾形鞘音のことばが右近を思考から引きもどした。

「心配なのは御老中・田沼様の動きでござる。畷川藩取り潰しの謀略をすすめられておられる、との堀田様のおことばであった」

「いまは、それは、ありますまい」

右近はいいきった。

「もしや月ヶ瀬殿においては」

「田沼様とは、いささか面識がありまする。いかなる仕儀になるかわかりませぬが、引き合わせることだけはでき申す」

「願ってもないこと。尾形鞘音、このとおりじゃ」

深々と頭を下げた。

明日は、田沼の月参りの日であった。右近は桃里の墓の前で膝を折り、身じろぎひとつせぬ田沼の後ろ姿を思い描いた。

四

着流しの忍び姿の田沼意次は、浄閑寺の桃里の墓の前で膝を折っていた。墓碑を見つめている。かつて、

「ああやって桃里と語り合っているのよ」

と慈雲がいったことがあった。右近も、いまでは、

(桃里と、今日はどんな話をしておられるのか)

と、庫裏の濡れ縁に坐って田沼の後ろ姿を見やりながら、推測するようになっていた。

右近は、睃川藩江戸留守居家老・尾形鞘音と田沼をどうやって引き合わせようかと思案

をめぐらしていた。よい手立はなかなか見つからなかった。

右近は、策をめぐらすのを止めた。田沼は右近とは、何の屈託もなく、つきあってくれている。

(おれも、そうすればいいのだ)

いくぶん気が軽くなったような気がした。右近は、眼を閉じた。お蓮のことにおもいを馳せた。お蓮の恢復《かいふく》は医者も驚くほどの早さだった。さっき見舞ったときは、

「お千代さんは、どうしたでしょうね」

と深手を負った身でありながら、気づかう余裕さえみせた。

「近いうちに、必ずもどってくる。命に別状はなさそうだ。心配するな」

右近が告げるとお蓮は無言でうなずいた。

「お蓮の傷は薄くはなるが消えることはない。そう医者が見立てていた」

と慈雲がいっていた。そのことをお蓮が知らされているかどうか、右近にはわからなかった。

右近は、そこで思考を止めた。田沼が立ち上がった気配があった。本堂へ向かい、慈雲に御布施を手渡し、しばし雑談をかわすはずであった。

(話にはくわわらず、おれは本堂の階《きざはし》で、風の声を聞きながら待つとするか)

右近はしずかに立ち上がった。

田沼は食道楽であった。今日は、日本橋住吉町《すみよしちょう》のへっつい河岸まで足をのばしていた。

「笹巻けぬきすし」の奥の座敷へ上がり込み、挨拶に罷《まか》り出た亭主に、

「いつものように」

と、告げた。

この店は元禄《げんろく》十五年に創業され、以後、七十数年にわたって暖簾《のれん》を守ってきた老舗で、江戸前の握り鮨《ずし》より旧《ふる》いかたちの鮨を売り物にしていた。笹で鮨を巻く独自のやり方をあみ出した店だという。

鮨のたねは海老、鯛、白身魚、光りものなどの魚類と卵焼き、おぼろ、海苔の七種であった。白身魚と光りものは旬の魚を選んで笹に巻いた。郷士であった初代店主・松崎喜《き》右衛門《えもん》が兵糧にするために飯を笹に包んだのが、笹巻けぬきすしの始まりだとつたえられている。魚の小骨を一本一本丁寧に毛抜きで抜くことから、小骨を毛にたとえ、毛を抜く鮨、毛抜《けぬき》鮨と名づけられた。

「笹を巻いてから夏は一刻半から二刻（三、四時間）、冬場では三刻（六時間）が食べ頃だそうな。笹の香りがなんともいえぬ」

田沼は巻かれた笹をむき、鮨を手づかみのまま口にほうり込んだ。ゆっくりと嚙む。右近も高足膳に置かれた皿に盛られた、笹を巻いた鮨を手にした。笹をはがして田沼がしたように手づかみのまま口に入れた。たねは、海老だった。酢飯と海老の味がほどよく入り混じっている。口のなかに笹の風味がひろがった。田沼のいうとおり、なかなかのものであった。

田沼は浅蜊《あさり》のすまし汁に手をのばした。飲む。浅蜊を箸で器用に殻から剝がし、口に運んだ。汁をすすった。

「うまい。やはり、すまし汁は温かくないとな」

と、独り言ちた。

右近は田沼の役宅で馳走になった朝餉を思いだした。すべての料理が冷え切っていた。正直いって、

(日々このように冷めたものしか食べられぬとは、大名になどなるものではない)

とおもった。右近のこころを見計らったように田沼がいった。

「わしの気持ちがわかるであろう。せめて忍びで外へ出たときくらい、温かいものを食べたいというおもいが」

「まさしく」

田沼は微笑んで、見やった。笹巻けぬきすしを取り上げ、笹を剝いて、食べた。右近が見ると、田沼の前にはすでに十枚ほど剝がされた笹が置かれていた。

食べ終わり、皿に載っている笹巻けぬきすしに手をのばしながら、いった。

「慈雲から聞いた。浄閑寺の門前でお千代という三浦屋に買われた娘が拐かされ、女付馬のお蓮が斬られたそうだな」

「そのことで会っていただきたい者が」

田沼は笹巻けぬきすしを口に運んだ。ゆっくりと食べて、いった。

「畷川藩の者か」

さすがだった。右近が先日、さりげなく問いかけた畷川藩のことと、すでに察知していた。

「荒川に、かぶせられた筵ごと荒縄で縛りあげられた、すっ裸の男たちの死骸が浮いた。刀傷もある。手の者があらためると骸の手に竹刀胼胝《しないだこ》があった、とひそかに町奉行が知らせてきた。もしや、とおもい備前畷川藩に潜入させた隠密に顔あらためをさせた。見覚えがあるという」

「おそらく遠州屋の根岸の寮に寝泊まりしていた、畷川藩の国許の藩士たちでございましょう」

「遠州屋か。こそこそと大欲をかきおって。強欲は身を滅ぼすもと、とつねづね言い聞かせたに、愚かな奴だ。此度はわしの眼もよう働いてくれたようだな。燈油の株仲間がひとり減る。遠州屋に代わる商人を物色せねばならぬ。厄介ごとがひとつ増えた」

田沼が、不快げに吐きすてた。

「会っていただきたいのは、お祭しのとおり畷川藩の江戸留守居家老・尾形鞘音殿」

「よかろう。明日の暮れ六つ（午後六時）に曲輪《くるわ》内の役宅へ連れてまいれ。とりあえずどのようなことか聞きたい。かいつまんで話してくれ」

右近は、畷川藩、堀田上総守・甲次郎父子、遠州屋にかかわるこれまでの経緯を話した。尾形鞘音が双子の妹君・菊乃をわが娘として育てたことをつたえると、笑みを浮かべた。

「怪我の功名、とはよくいったものよ。姫君がおるのなら畷川藩は安泰ではないか」

わずかの間をおいて、つづけた。

「ようはうまく姫君を世に出せばよいのだな。わしが策をめぐらそう。人の世をくぐり抜ける知恵を思案するは、右近よりわしのほうが得意だとおもうでな」

「お手柔らかに、お願いいたしまする」

「本来なら荒川に上がった骸を畷川藩の国許にあるはずの藩士だと咎め立てし、藩政不行届を言い立てて御家取り潰しに追い込むのが老中職にある身の為すことであろうが、右近がからんでいる以上、そうもいくまい」

田沼はそういって、再び笹巻けぬきすしに手をのばした。


翌夕暮れ六つ。右近と尾形鞘音は床の間を背にした田沼意次と向かいあっていた。接見の間ではなく書見の間での応対であった。右近とのつきあいがいかに深いものであるかを尾形にしらしめるための、田沼らしい心配りといえた。

座につくなり田沼は単刀直入にいった。

「仔細は月ヶ瀬より聞いておる。畷川藩の安泰。その一点こそ大事だと、わしはおもう」

「藩士たちを路頭に迷わすわけにはまいりませぬ。そのことだけが気がかりでございました」

「わしの意見にしたがってくれるか」

「よしなに。俎板《まないた》の鯉の心持ちでおりまする」

「よい覚悟だ」

田沼は右近に目線を走らせた。右近は眉ひとつ動かさずにいる。口をはさむ立場にないことをしりぬいている。そうとしかみえぬ対応であった。

「先代九代将軍・家重《いえしげ》公の末子にて重綱《しげつな》様というお方がおられる。当年二十六歳。現将軍・家治《いえはる》公の御弟君という血筋じゃ。その方を姫君と妻《めあ》わせ畷川藩の養子とする」

「菊乃を、いえ、姫君をいかにして世に出すか、それが難問でございまする」

「わしが聞きつけたということにすればよい」

尾形鞘音が物問いたげに眼を向けた。

「わしが公儀隠密に風聞の真偽を調べさせ、表向きは江戸留守居家老・尾形鞘音の娘菊乃こそ姫君なりと知り、畷川藩存続のために姫君を擁立せよとひそかに持ちかけた。藩内には、そう説明すればよい」

「ありがたきおことば。痛み入ります」

「藩士たちも取り潰しにあって禄《ろく》を離れるより、先代将軍様の御子を養子に迎えることをよろこぶであろうよ」

一息ついて、つづけた。

「そちも、藩の実権を握ろうとの野望を抱いて姫君を手元に置いた、と誹《そし》られることはあるまい。将軍家の弟君を、江戸留守居家老が自由に操れるとは誰もおもうまいからの」

右近に視線をうつして、いった。

「わしの為すことはここまでじゃ。ただし、畷川藩の内紛が表沙汰になったときは、老中として事を処することになる。お千代とやらも死罪はまぬがれまい」

「承知いたしております。尾形殿とともに策を練り、一気に決着をつける所存」

「月ヶ瀬殿、よろしゅう頼みまする」

尾形鞘音は、膝の上に手を置き、深々と頭を下げた。

「向後、わしの手を煩《わずら》わせてはならぬ。よいな」

重ねていった田沼の眼には、いつもの柔らかさはなかった。冷徹な、権力の権化としての凍《こご》えた光が居座っていた。

五

大名家の上屋敷は藩主が在府の折りに住まう屋敷で、居屋敷《いやしき》とも呼ばれていた。奥には法度《はっと》によって江戸在住が定められた大名の奥方や子らが住み暮らしており、藩の江戸での活動拠点でもあった。中屋敷は世嗣《せいし》の住まいとして使われることが多かった。下屋敷は河岸地に置かれることが多く、藩専用の荷揚場や緊急の際の避難場所としての機能をもたされていた。

その日、伊勢崎町《いせざきちょう》は仙台《せんだい》堀沿いにある畷川藩下屋敷は、いつもと違う様相を示していた。燈油などの特産品が運び込まれる裏門はかたく閉ざされて、人足たちの姿もみえなかった。表門の前には警固役の藩士たちが立ち番していた。

昼八つ（午後二時）ごろ、きらびやかな装飾をほどこした女駕籠が十五人の武士たちに警護されて近づいてきた。駕籠脇に堀田甲次郎の姿があった。先頭の武士が門前の警固役に向かって走った。何事か告げると、警固役はうなずき、潜り木戸から屋敷内へ入っていった。まもなく、なかから表門が開かれた。女駕籠の行列が屋敷内に消えると、再び表門は閉ざされた。

女駕籠には必ず付き添うはずの腰元たちが、ひとりも行列にくわわっていなかった。そのことが何やら曰《いわ》くありげな様相をつくりだしていた。

表玄関の式台には、江戸留守居家老・尾形鞘音が姿勢を正して坐り、待ち受けていた。小塚要之助ら二十人の藩士が式台の前に左右に列し、片膝をついて控えている。

式台の前に女駕籠がおろされた。膝を折った堀田甲次郎が引き戸を開ける。女物の草履《ぞうり》が駕籠の中からとり出され、脇に置かれた。駕籠のなかから降り立ったのは、姫君衣装を身にまとったお千代だった。

「千代姫様でございますか。お初にお目もじいたしまする。畷川藩江戸留守居家老・尾形鞘音でございまする」

平身低頭した。藩士たちも頭を下げた。

「ご苦労」

堀田甲次郎がお千代の代わりに応えた。お千代が式台に足をかけた。

「ご案内仕る」

尾形が立ち上がった。

尾形が案内したのは離れ屋であった。瀟洒なつくりで、夏目周防守存命の折りは、時々上屋敷をひそかに抜け出しては、政務の疲れを癒《いや》した屋形だった。

尾形鞘音は庭に面した座敷の腰高障子を開けはなって、いった。

「先代様はよくその縁側にお座りになり、のんびりと空行く雲を眺めておいででした」

思い出に浸《ひた》るかのようにしばし見やっていたが、振りむいて、つづけた。

「千代姫様が上屋敷におうつりになられるまでお過ごしになるには、父上様の名残《なごり》のあるこの離れ屋がふさわしいとおもい、手配いたしました」

お千代が無言でうなずいた。唇の左下にある黒子が尾形鞘音の眼にとまった。おもわず眼をそらしていた。

（かつて、わしが流した風聞がこの娘に災いをもたらしているのだ）

気が咎《とが》めていた。右近から、黒子のある娘が何人も命を奪われていると聞かされている。

(菊乃の、いや姫君の身を案じることのみに気をとられていたのだ。先の見えぬ、愚か者とはわしのことだ)

「いかがなされた」

堀田甲次郎のことばに尾形鞘音は現実に引き戻された。

「いや、何も。ただ」

「無理もない。尾形殿は幼き頃より、先君夏目周防守様のお側近くに仕えられていた身でございますからな」

堀田甲次郎の一言が尾形に警戒心を強めさせた。

(用意周到、さまざまなことを知りつくしているのだ。敵には遠州屋がついている。わずかの油断もできぬ)

「いやいや。醜態をお見せした。年をとると昔のことにおもいを馳せるときが多くなりましてな」

笑みを浮かべてみせた。堀田甲次郎は薄く笑った。小馬鹿にしたような目つきだった。

「今宵は、千代姫様のお迎えを祝う宴など催してもらえるのかな」

「公儀の手前、さまざまな手続きをふまねば表沙汰にはできぬ千代姫様ゆえ、豪勢なことははばかられますが、支度はととのえてありまする」

「楽しみにしておる」

堀田甲次郎は勝ち誇ったように高笑いした。

お千代は表情ひとつ変えることなく、手入れの行き届いた庭を眺めている。その姿は、豪勢な姫君衣装を身につけた、魂を抜きとられた生き人形としかみえなかった。


暇川藩下屋敷で催される宴は夕七つ半（午後五時）からと定められていた。

支度を整えた遠州屋は小網町の店を出た。店先につけた垂駕籠に乗り込む。駕籠かきがいつもと違う気がしたが、店出入りの駕籠屋の垂駕籠だったこともあり、とくに気にかけることもなかった。

「行く先は仙台堀沿いの暇川藩下屋敷でございますね」

戸を下ろしながら駕籠かきがいうことばも、いつもとかわりなかった。

「出しておくれ」

ぶっきらぼうに応えた。

小半刻（三十分）ほど駕籠に揺られていただろうか、眠気を催してうとうとし始めたと

き、

「着きましたぜ」

という駕籠かきの声が聞こえた。乱暴にも垂駕籠が投げ置かれ、横倒しとなった。遠州屋は駕籠から這《は》い出た。何がなんだかわけがわからなかった。

「遠州屋」

呼ばれて、顔を上げた。

「月ヶ瀬、右近」

右近が間近に立っていた。伊蔵と駕籠かきふたりが取り囲んでいる。

伊蔵がいった。

「ほんものの駕籠かきは、もらった小銭でいまごろ酒をたらふく呑んで酔いつぶれているだろうよ」

ふたりに目線を走らせて、つづけた。

「駕籠かきあがりの亡八者ふたり。昔取った杵柄《きねづか》の、玄人《くろうと》はだしの担ぎぶり。乗り心地は悪くなかったはずだぜ」

「おのれ。何をする気だ」

遠州屋がわめいた。

「騒いでもむだだ。天気がよければ安房国《あわのくに》が望める、ここは洲崎《すさき》の海沿いの地。おまえの最後の宴の場でもある」

右近が刀の鯉口を切り、一歩迫った。

「やめろ。金なら欲しいだけやる。わしは遠州屋富吉だ。一生金に不自由はさせない。命だけは助けてくれ」

「死人とみえる者にもいろいろある。三途の川を渡ることが決まっている者。手を貸せば渡らずにすむ者。生つづくと見えても渡らせねばならぬ者がいる。遠州屋、おまえにはぜひにも三途の川を渡ってもらう」

小さくひきつった悲鳴をあげ、逃げようと身を翻した遠州屋に向かって、右近の抜きはなった剣が走った。

刃先は、一分の狂いもなく遠州屋の喉元を切り裂いていた。血飛沫が噴き上がると同時に妙なる笛の音が鳴り響いた。高く低く、むせび泣くような音色であった。

「秘剣『風鳴《ふうめい》』が生みだす笛の音。おまえの命の火が燃え尽きるとき、笛も鳴り終わる」

遠州屋が何かいいたげに口を動かした。笛の音は次第に小さくなっていった。

ぐらり、と遠州屋の躰が揺らいだかとおもうと、そのまま地面に崩れ落ちた。

畷川藩下屋敷で、大店の手代ふうの男が警固役の藩士に腰を屈めて、いった。

「遠州屋からの使いの者でございます。今宵開かれる宴に当家主人、お伺いするはずでございましたが急な病に倒れ、臥せっております。仔細はこの書状にしたためてあります。堀田甲次郎様にお渡しくださいませ」

懐から大事そうに封書を取りだした手代ふうの指先は、女とみまがうほど華奢《きゃしゃ》なものだった。封書を手渡し、たおやかに手を揉み合わせて愛想笑いを浮かべたのは、掏摸《すり》あがりの亡八者、三浦屋四郎右衛門の使い走りをつとめる栄吉に違いなかった。

その書状を読み終えて堀田甲次郎が、傍らに坐る堀田上総守にいった。

「遠州屋が、にわかな病にて宴にはまいれぬ、とつたえてまいりましたぞ」

「あまり強欲の皮を突っ張らせるから、鬼の霍乱《かくらん》でもおこしたのであろう。金の臭いのするところには必ず現われる男だ。元気になればすり寄ってくるわ」

含み笑った。

ふたりは四阿《あずまや》のなかにいる。堀田上総守が立ち上がった。離れ屋へ宴の支度の高足膳を運ぶ腰元たちの姿が遠目に見えた。目線を流すと、小島を浮かべた池の周囲に、深山幽谷をおもわせる岩石群と樹木を配した庭がひろがっていた。

「見ろ。手入れの行きとどいた、贅を尽くした庭園ではないか。畷川藩三万五千石、菜種油などの特産品に恵まれ、石高より内実は豊かだという噂はまことらしいの。それらがすべて甲次郎、おまえのものになるのだ」

「すべて父上のお陰でございまする」

「せいぜい親孝行することだ」

「この甲次郎、この世に生まれ落ちたときから天下一の孝行息子でございまするぞ」

「こやつ」

見合って同時に笑み崩れた。ふたりの哄笑が、事の成就《じょうじゅ》を誇って、高々と響き渡った。


星が満天に輝いている。

堀田上総守は供の者三人をしたがえて、ほろ酔い加減で歩いている。宴には忍びで出かけていた。駿河台下の屋敷は間近い。その油断が堀田上総守に頬隠し頭巾をとらせていた。頬を吹き抜ける夜風が心地よかった。

「よい宴であった」

何度か口にしたことばであった。供のひとりが、応えた。

「甲次郎様が何やら大きゅう見えました」

うむうむ、と堀田上総守は何度も首を縦に振った。とにかく上機嫌であった。

武家屋敷のつらなる一画である。塀の切れ目を右へ曲がると屋敷まで一本道であった。曲がり角にさしかかったとき、塀蔭から閃光が躍り出た。閃光と見えたのは駆け抜けた着流しの浪人が振るった剣が、星の光を受けて煌めいたのだと覚ったとき、供の三人が呻き声を発して、よろめいていた。見事な返し技であった。供の侍たちは刀の柄に手をかけることなく、脇胴を切り裂かれていた。三人が地に伏したのを察知したかのように、浪人が振り返った。

「貴様は」

堀田上総守の声がうわずっていた。

「月ヶ瀬右近でござる。柳生新陰流の達人、御子息・甲次郎殿の得意技は首斬り。拙者も首斬りの技、披露いたす」

いうなり、地を蹴った。迫って、横薙《な》ぎした剣が堀田上総守の首に食い込んだ。勢いにまかせて、振りきる。

首が胴から離れて宙に舞ったとき、堀田上総守は刀の柄に手をかけていた。首が塀に激突し、弾《はじ》けて落ちた。堀田上総守は首の付け根から血を噴き散らし、塀にもたれかかって、ずり落ちた。白い塀がみるみるうちに鮮血で真紅に染めあげられていく。

右近は首のない骸を凝然と見据えた。

畷川藩下屋敷は寝静まっているかに見えた。宴は二刻（四時間）近くつづけられた。盛大とはいえないまでも、行方が知れなかった姫君を迎え入れる宴としては、決して礼を失するものではなかった。

堀田甲次郎は満足げに尾形鞘音に告げた。

「まだ正式に認められてはおらぬ姫君のこと、これほどの宴を催してもらえるとは。こころづかい、痛み入る」

「いや、大事はこれからが始まりでござる」

そういって、じっと見つめた。その眼のなかにある厳しさを、堀田甲次郎は御上への働きかけに対する覚悟をしめすものととった。

藩士たちの手前もある。お千代との同衾《どうきん》は、さすがにはばかられた。堀田甲次郎は廊下を隔てた座敷を住み暮らすところと決めた。堀田上総守が付き人として同行させた十四名は、四つの座敷に分散して寝起きすることになっている。出入りの町道場主に声をかけ、雇い入れた浪人たちであった。

かたちだけは大目付の要職にある大身旗本の家臣にみえるのだが、浪人暮らしが身に染《し》みついているのか、宴で出された酒を浴びるほどのみ、酔いつぶれる者が半数近くいた。

堀田甲次郎ですら、

「見苦しい」

と感じたほどだから、尾形鞘音はじめ接待役の畷川藩士たちは、内心呆れかえったに相違なかった。

不思議なのは、畷川藩の藩士たちがほとんど酒を口にしなかったことである。堀田甲次郎は、それを、

――御役目熱心なため
と、とった。尾形鞘音も、酒を呑むことはなかった。酒をすすめて、皆のなかを歩きまわった。実に、すすめ上手だった。堀田甲次郎も、実のところ、

(少し呑みすぎた)

と感じていた。床に入るなり、寝入った。

いつもの堀田甲次郎なら離れ屋を包囲し、ひそかに網を狭めてくる人の気配に気づいたはずであった。

庭に潜み、離れ屋に迫るのは月ヶ瀬右近、風渡りの伊蔵に左次郎の亡八者ふたり、尾形鞘音に率いられた小塚要之助ら畷川藩士二十五名よりなる暗殺隊であった。

右近は堀田甲次郎との血闘、伊蔵たちはお千代救出、小塚要之助たち斬り込み組十五名

は付き人たちとの戦闘、尾形鞘音ら十名は離れ屋を包囲し、逃げ出してきた付き人たちを迎え撃つ、と役割が定められていた。

右近は、策を練りあった座で、告げていた。

「小塚殿たちは決して堀田甲次郎に手を出してはならぬ。奴はなみなみならぬ使い手。たとえ酔っていても勝ち目はない」

そのため、庭で待ち伏せる藩士たちが堀田甲次郎に挑みかかることはなかった。

左次郎が雨戸の桟に油を垂らし、少しずつはずしていった。元盗人の左次郎の腕は鮮やかなものだった。雨戸は音もなくはずされた。

はずした雨戸を傍らに置く。右近が、つづいて左次郎と伊蔵が、隙間から屋敷内へ入っていった。小塚たちも刀を抜き放ち、次々と踏み込んでいった。

腰高障子を引き開ける微かな物音がした。お千代の座敷から聞こえたようにおもえた。

(気のせい？)

堀田甲次郎は半身を起こした。耳をすます。座敷から廊下に出た足音がした。

(曲者《くせもの》)

跳ね起きて、刀架に架けた大刀を手にとった。その気配を察したか、忍び足が駆け足と変わった。

堀田甲次郎は腰高障子を蹴り倒した。ふつうなら廊下に飛び出すはずであった。が、堀田甲次郎は意想外の行動に出た。残る三枚の腰高障子のうち二枚をつづけて蹴り倒した。最後の一枚を、倒した腰高障子の方へ押しやった。最後の一枚がはまっていたところからゆっくりと廊下へ出る。倒れた腰高障子の向こうに、大刀を右下段に構えた右近が立っていた。その後ろに、お千代をかばった伊蔵と左次郎の姿があった。

「行け。お千代を連れて一気に吉原まで逃げるのだ」

「月ヶ瀬の旦那はどうなさるんで」

伊蔵が問うた。

「おれは、こ奴と決着をつける。是が非にも三途の川を渡らせねばならぬ相手だ。早く行け」

「三浦屋で待ってますぜ」

伊蔵が左次郎を目線でうながした。お千代をかばって左次郎が走り出した。伊蔵が後につづいた。

離れ屋の一画から怒号が上がり、刀をぶつけあう金属音が聞こえた。

「付き人と畷川藩士たちが斬り合いをはじめたのだ。酔っぱらいとの戦い。はなから勝負は決まっている」

右近がいった。

「一連の動きから看て、事が破れたとみるべきであろうな」

堀田甲次郎が八双に刀を構えた。

右近は薄く笑っただけだった。

「まずは、貴様を倒す」

堀田甲次郎は腰高障子の腰板に足を乗せた。右近に目線を注ぎながら、一歩また一歩とすすんだ。右近は間合いを詰められたくないのか一歩また一歩と、後退った。

堀田甲次郎が倒れた腰高障子を踏み越えたとき、右近がいった。

「わが源氏天流と貴様の柳生新陰流、どちらの業前《わざまえ》が優れているか勝負をしたい。外へ出ぬか」

「のぞむところだ」

堀田甲次郎が鋭く見据えた。

断末魔の絶叫がつづいている。ぶつけあう金属音がほとんど聞こえなくなった。

「どうやら付き人たちの始末はすんだようだな」

間合いを保ちながら後退る右近に、油断なく迫る堀田甲次郎がいった。

雨戸がはずされたところから右近が出た。つづいて堀田甲次郎が出ていく。庭には尾形鞘音たちが刀を抜きつれて、待ち受けていた。

「勝負の邪魔立てはせぬ。そう取り決めてある」

堀田甲次郎がせせら笑った。

「死に急ぐこともあるまいに」

「来い」

右近は右下段に構えたまま、走った。八双に構えた堀田甲次郎が追った。

いつしかふたりは四阿の近くに来ていた。それまで間合いを保って逃げ走っていた右近が足を止めて対峙するや、踏み込んで堀田甲次郎に逆袈裟の一撃をくれた。刀を振り下ろし鎬を叩きつけた堀田甲次郎は、刀身を滑らせ、勢いにまかせて右近に突きを入れようとした。

右近は跳び下がった。こんどは横に走った。堀田甲次郎が追う。立ち止まった右近は再び逆袈裟に刀を振るった。堀田甲次郎が大刀を振り下ろし、鎬をぶつけた。突きを入れようとする。右近は、再び跳び下がった。斜め横へ走る。堀田甲次郎が追った。

十数度、同じことが繰り返された。

追う堀田甲次郎が、足を止めた。なぜか頭が重かった。息遣いが激しくなっていた。

(走り回ったことで、一気に酔いが深まったのだ)

堀田甲次郎は臍《ほぞ》を噛んだ。

右近が足を止めた。じっと様子をうかがっている。見極めたのか一気に間合いをつめて迫った。右下段の構えを正眼に変えるやそのまま突きを入れた。堀田甲次郎が大刀を斜めに振って、突いてきた刀をはねのけた。返し技を避けるべく横へ跳んだ。再び、突きが入る。その刀をはねのけた。横に跳んで返し技を避ける。右近が間断なく鋭い突きを繰り返した。堀田甲次郎も防ぎつづけた。

堀田甲次郎の顔に脂汗が噴き出ていた。息遣いも荒くなっている。躰が重い、と感じたとき右近の構えが左八双に変わった。走り寄る。

堀田甲次郎も右上段に構え、肩口めがけて刀を振り下ろした。右近が左脇を走り抜けた。紙一重の差だった。堀田甲次郎の刀は空を切っていた。刀を構え直そうと力を込めたとき、首の付け根が膨《ふく》れあがるのを感じた。皮が、躰の内側から裂かれる。血汐が噴き上がった。笛の音に似た甲高い音が聞こえた。

堀田甲次郎は、右近の振るった「秘剣　風鳴」に仕留められたことを覚った。

右近を睨み据えて、吠えた。

「源氏天流に、貴様に敗れたのではない。おれは、酒に、おのれの油断に、負けたのだ」

笛の音は急速に小さくなっていった。堀田甲次郎は片膝をついた。地に突き立てた刀を杖代わりに立ち上がろうとした。が、そこまでだった。力尽き、どうとばかりに前のめりに倒れ込んだ。

見下ろして、右近がつぶやいた。

「酒をすすめ呑ませて酔わせる。策が功を奏したのだ。まともにやりあっては相討ちがせいぜい。まだ、死ぬわけには、いかぬ」

翌日の昼過ぎ、右近は三浦屋の裏手にたたずんでいた。三味線の音が聞こえてくる。ときどき音が止まるのは、だれかが踊りの稽古《けいこ》でもしているのであろう。

「旦那」

背後から声がかかった。振り向くと伊蔵が立っていた。右近が、問いかけた。

「始まったようだな」

「へい。総名主が喜んでおりやした。お千代がもどってくるなり、太夫になりたい。明日から芸事を仕込んで欲しい、といったそうで。いま、三味線にあわせて踊りの稽古を」

「そうか」

再び三味線の音が聞こえてきた。右近は、しばし聞き入っていた。伊蔵も傍らに立ちつくしている。

空には月が煌めいていた。

右近と慈雲は音無川の岸辺にいる。月下の酒宴を開いていた。

「右近と出会ったのはこの近くであったな」

右近は盃を口へ運ぶ手を止め、うなずいた。

慈雲は茶碗酒をあおった。

「我欲に狂う輩《やから》がこの世にいる限り、死なずにすむ者が何人も命を奪われることになる。欲のない者はこの世にひとりもおらぬ。戦いつづけるしかないのかもしれぬな」

右近は盃を干した。空を見上げる。月が黒雲の蔭に隠れようとしていた。

「月が、消えた」

右近のつぶやきを慈雲が聞き咎めて、いった。

「しかし、黒雲の後ろで、月は、つねと変わることなく輝きつづけているのだ」

右近は徳利を手にした。盃に酒を注ぐ。盃を持ち上げた手を止めた。

盃の酒に月が映っていた。

「月が……」

右近は再び空を見上げた。

（しょせん、命の火が燃えつきるまでの、うたかたの夢か。……しかし、たとえ暗雲に覆われようと、月は、たしかに、そこに在《あ》る）

月は、中天にあって、決して果てることのない煌めきを誇っている。

参考文献

『三田村鳶魚　江戸生活事典』稲垣史生編　青蛙房
『時代風俗考証事典』林美一著　河出書房新社
『江戸町方の制度』石井良助編集　人物往来社
『図録　近世武士生活史入門事典』武士生活研究会編　柏書房
『日本街道総覧』宇野脩平編集　人物往来社
『図録　都市生活史事典』原田伴彦・芳賀登・森谷尅久・熊倉功夫編　柏書房
『復元　江戸生活図鑑』笹間良彦著　柏書房
『絵でみる時代考証百科』名和弓雄著　新人物往来社
『時代考証事典』稲垣史生著　新人物往来社
『考証　江戸事典』南条範夫・村雨退二郎編　新人物往来社
『江戸繁昌記』寺門静軒　三崎書房
『新編　江戸名所図会　～上・中・下～』鈴木棠三・朝倉治彦校註　角川書店
『図説　江戸っ子と行く浮世絵散歩道』藤原千恵子編　河出書房新社

『武芸流派大事典』綿谷雪・山田忠史編　東京コピイ出版部
『古武道の本』ブックス・エソテリカ第29号　学習研究社
『江戸切絵図散歩』池波正太郎著　新潮社
『大日本道中行程細見圖』人文社
『明和江戸図　江戸日本橋南一丁目　須原屋茂兵衛　板』古地図史料出版
『嘉永・慶応　江戸切繪圖』人文社
『江戸吉原図聚』三谷一馬　中公文庫
『川柳吉原風俗絵図』佐藤要人編　至文堂
『花柳風俗　鳶魚江戸文庫』三田村鳶魚　朝倉治彦編　中公文庫
『江戸の女　鳶魚江戸文庫』三田村鳶魚　朝倉治彦編　中公文庫
『江戸の花街　鳶魚江戸文庫』三田村鳶魚　朝倉治彦編　中公文庫
『吉原に就いての話』三田村鳶魚　青蛙房
『江戸老舗地図』江戸文化研究会編　主婦と生活社

吉田雄亮著作リスト

修羅裁き　裏火盗罪科帖　光文社文庫　平14・10

夜叉裁き　裏火盗罪科帖(二)　光文社文庫　平15・5

繚乱《りようらん》断《だ》ち　仙石隼人探察行　双葉社文庫　平15・9

龍神裁き　裏火盗罪科帖(三)　光文社文庫　平16・1

鬼道裁き　裏火盗罪科帖(四)　光文社文庫　平16・9

花魁《おいらん》殺《さつ》　投込寺闇供養　祥伝社文庫　平17・2

閻魔《えんま》裁き　裏火盗罪科帖(五)　光文社文庫　平17・6

弁天《べんてん》殺《さつ》　投込寺闇供養(二)　祥伝社文庫　平17・9

一〇〇字書評

弁天殺

切り取り線

購買動機（新聞、雑誌名を記入するか、あるいは○をつけてください）

□（　　　　　　　　　）の広告を見て	
□（　　　　　　　　　）の書評を見て	
□ 知人のすすめで	□ タイトルに惹かれて
□ カバーがよかったから	□ 内容が面白そうだから
□ 好きな作家だから	□ 好きな分野の本だから

●最近、最も感銘を受けた作品名をお書きください

●あなたのお好きな作家名をお書きください

●その他、ご要望がありましたらお書きください

住所	〒				
氏名		職業		年齢	
Eメール	※携帯には配信できません	新刊情報等のメール配信を 希望する・しない			

あなたにお願い

この本の感想を、編集部までお寄せいただけたらありがたく存じます。今後の企画の参考にさせていただきます。Eメールでも結構です。

いただいた「一〇〇字書評」は、新聞・雑誌等に紹介させていただくことがあります。その場合はお礼として特製図書カードを差し上げます。

前ページの原稿用紙に書評をお書きの上、切り取り、左記までお送り下さい。宛先の住所は不要です。

なお、ご記入いただいたお名前、ご住所等は、書評紹介の事前了解、謝礼のお届けのためだけに利用し、そのほかの目的のために利用することはありません。またそのデータを六カ月を超えて保管することもありませんので、ご安心ください。

〒一〇一‐八七〇一
祥伝社文庫編集長　加藤　淳
☎〇三（三二六五）二〇八〇
bunko@shodensha.co.jp

祥伝社文庫

上質のエンターテインメントを！　珠玉のエスプリを！

祥伝社文庫は創刊15周年を迎える2000年を機に、ここに新たな宣言をいたします。いつの世にも変わらない価値観、つまり「豊かな心」「深い知恵」「大きな楽しみ」に満ちた作品を厳選し、次代を拓く書下ろし作品を大胆に起用し、読者の皆様の心に響く文庫を目指します。どうぞご意見、ご希望を編集部までお寄せくださるよう、お願いいたします。

2000年1月1日　　祥伝社文庫編集部

弁天殺《べんてんさつ》　投込寺闇供養《なげこみでらやみくよう》（二）　長編時代小説

平成17年9月5日　初版第1刷発行

著者　吉《よし》田《だ》雄《ゆう》亮《すけ》

発行者　深澤健一

発行所　祥《しよう》伝《でん》社《しや》

東京都千代田区神田神保町3-6-5

九段尚学ビル　〒101-8701

☎03（3265）2081（販売部）

☎03（3265）2080（編集部）

☎03（3265）3622（業務部）

印刷所　萩原印刷

製本所　明泉堂

ISBN4-396-33250-5　C0193

祥伝社のホームページ・http://www.shodensha.co.jp/